L'Alícia
El Conill Blanc
L'Eruga
El Gat de Cheshire

Geronimo Stilton

Alícia al País de les Meravelles

Estimats amics rosegadors,

Heu de saber que la meva passió per la literatura va començar fa molt de temps, quan encara era petit. Em passava hores senceres llegint novel·les boníssimes, que em feien viure aventures fantàstiques i conèixer llocs llunyans i misteriosos. És ben veritat que llegir dóna ales a la fantasia!

És per això que he pensat regalar-vos a vosaltres les mateixes emocions que jo vaig sentir fa anys, explicant-vos les obres mestres de la literatura juvenil.

L'Alícia és una nena curiosa, i en una calorosa tarda d'estiu no pot resistir la temptació de seguir un estrany Conill Blanc que li passa pel davant en un prat. Així comença una aventura increïble, que la portarà a descobrir un món meravellós, ple de personatges divertits. Per a l'Alícia serà un viatge inoblidable!

Geronimo Stilton

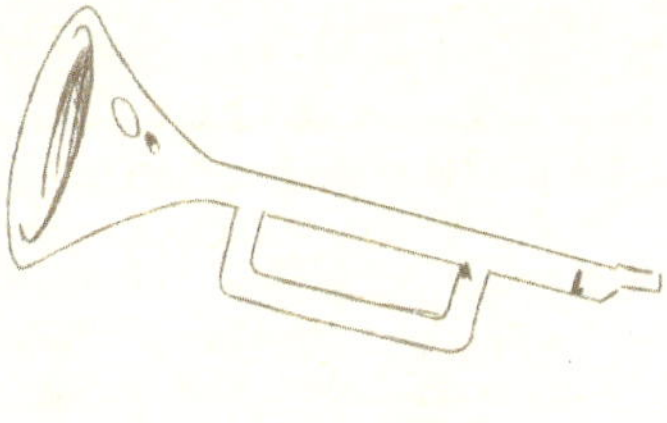

Text original de Lewis Carroll, *adaptat lliurement per* Geronimo Stilton
Coordinació de Patrizia Puricelli, *amb la col·laboració de* Maria Ballarotti *(textos) i* Roberta Bianchi *(dibuixos)*
Coordinació de textos de Sarah Rossi
*Direcció d'editing d'*Isabella Barbieri
Coberta de Flavio Ferron
*Il·lustracions d'*Andrea Denegri (*llapis i tinta*) *i* Christian Aliprandi (*color*)
Disseny gràfic de Simona Gargantini *i* Jole Montalbano, *amb la col·laboració de* Yuko Egusa
*Idea original d'*Elisabetta Dami

Títol original: *Alice nel Paese delle Meraviglie*
Traducció: Xavier Solsona

Estrella Polar, Pedro i Pons, 9-11, 08034 Barcelona
www.estrellapolar.cat
info@estrellapolar.cat
www.geronimostilton.cat

Primera edició: març del 2015

ISBN: 978-84-9057-690-8
Dipòsit legal: B. 1.588-2015
Impressió: T. G. Soler
Imprès a Espanya - *Printed in Spain*

Geronimo Stilton

Alícia al País de les Meravelles

DESTINO

El descens a la lloriguera del Conill

L'Alícia estava cansada d'estar asseguda a la vora del riu al costat de la seva germana. No tenia res interessant a fer, aquella tarda!

A més, la seva germana llegia un llibre sense dibuixos i l'Alícia s'avorria d'allò més.

—Podria teixir una garlanda de margarides... —es va dir, amb poca convicció.

Feia molta CALOR i l'Alícia tenia mandra. Ja es disposava a collir les flors quan vet aquí que un gran Conill va passar RABENT pel seu costat: era completament

blanc i semblava que tingués moltíssima pressa.

—Òndia! Òndia! Faig tard! —va EXCLAMAR el Conill tot preocupat, aturant-se a pocs passos de la nena.

L'Alícia va parpellejar, sorpresa, si bé en aquell moment el fet no li va semblar tan extraordinari.

Però quan l'animaló va treure un rellotge de la butxaca de l'armilla, el va consultar i va tornar a córrer encara més de pressa... Aleshores sí que l'Alícia va fer un bot: no havia vist mai un Conill amb armilla. I amb un rellotge, per si no fos prou!

Dominada per la curiositat, la nena va sortir a empaitar-lo: va travessar el prat que vorejava el riu i va córrer tant com va poder per no perdre de vista el Conill Blanc.

Quan va arribar al límit del prat, va poder

El descens a la lloriguera del Conill

ENTREVEURE el Conill, que saltava per un gran forat, a l'altra banda d'una bardissa. L'Alícia no s'ho va pensar ni un moment i **pluuuuuuuuuuuuuf,** es va llançar forat avall darrere seu.

Beu-me!

El forat devia ser molt profund, perquè l'Alícia va tenir tot el temps del món per mirar al seu voltant mentre queia avall.

El cert és que era un forat molt estrany: de les parets penjaven armariets, quadres, prestatges, jocs de cartes, mapamundis... Vaja, que hi havia una mica de tot!

—Vés a saber quants quilòmetres he baixat! —es va preguntar l'Alícia en veu alta—. Probablement m'estic acostant al centre de la Terra —va prosseguir, molt satisfeta dels seus coneixements científics—. Sí, segur que deu

ser així... I vés a saber a quina latitud i longitud em trobo a hores d'ara!

Cada cop li agradava més fer servir aquella mena de **PARAULES**. En el cas que algú la sentís, volia demostrar que era una nena culta.

Però al cap d'un moment, cansada de tantes reflexions, es va *endormiscar*. I a mig pesar figues,

PATAPUM!

Finalment, l'Alícia va tocar terra i va rodolar per un piló de fulles seques: no s'havia fet ni una sola **esgarrapada!**

Tan bon punt es va aixecar, la nena va veure a la llunyania la petita silueta del Conill, que corria saltant a través d'una galeria *estreta*.

L'Alícia el va empaitar, però quan va arribar al final, el Conill Blanc ja no hi era.

La nena es va trobar en una gran sala, il·luminada amb una sèrie de llànties que penjaven del sostre i plena de portes, totes tancades. Llavors l'Alícia es va posar a caminar amunt i avall.

—I ara què? —va SOSPIRAR.

Just aleshores va veure una tauleta de vidre de tres potes que li havia passat desapercebuda. A sobre la taula hi havia una petita clau **daurada**.

—Potser aquesta clau deu obrir una de les portes tancades! —va exclamar la nena, *esperançada*.

Així, va començar a provar la clau a tots els panys, però... no hi va haver res a fer! No s'obria cap porta. L'Alícia estava començant a desanimar-se quan va descobrir una porteta amagada darrere d'una cortina. Va provar la clau al forat del pany i... hi anava **PERFECTA!**

Beu-me!

L'Alícia es va agenollar davant de la porteta i hi va donar un COP D'ULL. La porta donava a un passadís molt estret, al fons del qual s'entreveia un JARDÍ preciós.

—Però quina llàstima! —es va lamentar l'Alícia—. Sóc massa GRAN per passar-hi!

El cert és que el forat de la porta era tan petit que la nena no hi podia fer entrar ni tan sols el cap.

—Oh, tant de bo em pogués plegar com un TELESCOPI! —va sospirar—. Em faria petita i hi podria passar!

Mentre ho deia, l'Alícia va tancar la porta amb clau i va tornar a la tauleta, amb l'esperança que hi trobaria un llibre amb les instruccions per plegar les persones com un telescopi! En canvi, només hi va trobar una ampolla minúscula, amb una etiqueta que deia «BEU-ME».

L'Alícia va deixar la clau a la taula i va observar l'ampolleta, desconfiada.

—Mmm... No s'ha de beure mai d'una ampolla desconeguda —es va recordar a si mateixa—, sobretot si hi posa «VERÍ».

En aquella ampolla, però, la paraula *verí* no hi era escrita, de manera que l'Alícia va decidir beure'n un glop.

—És boníssim! —va comentar—. Té gust de pastís de cireres, crema, pinya, gall dindi rostit, pa amb mantega... Així, glop a glop, es va beure tot el contingut de l'ampolla.

Més recuriós cada vegada!

Quan va haver acabat de beure, l'Alícia va exclamar:

—Quina sensació tan estranya... És com si de debò m'estigués plegant com un TELESCOPI!

Mentre assaboria el contingut de l'ampolla, l'Alícia s'havia anat fent de mica en mica més *petita*, fins a arribar tan sols a uns vint-i-cinc centímetres d'alçada!

La nena se'n va alegrar moltíssim: així tan petita podia travessar la porteta i arribar al jardí! Quan va ser davant de la porta, però, es va adonar que s'havia deixat la clau damunt la taula.

Més recuriós cada vegada!

—Oh, no! Com me'n puc haver oblidat?! —es va **RETREURE**.

Molt desconsolada, es va asseure a terra i va **ESCLAFIR** a plorar a llàgrima viva: era tan despistada, de vegades! Entre sanglots però, de **REÜLL**, es va adonar que sota la taula havia aparegut una capseta de vidre (que feia un moment no hi era, n'estava ben segura!).

INTRIGADA, l'Alícia la va obrir: a dins hi havia un pastisset que amb lletres brillants deia: **«Menja'm!»**.

—D'acord, pastisset —va sospirar, molt resignada—. Et menjaré! Així, si creixo podré recuperar la clau. Si encara em faig més petita, podré *passar* per sota la porta. Per tant, sigui com sigui, arribaré fins aquell jardí tan bonic!

L'Alícia va clavar una queixalada al pastís i es va posar una mà al cap, per sentir si **CREIXIA** o s'empetitia.

Però com que no passava res d'això, es va menjar tot el pastís. I després de l'últim mos...

—Més recuriós cada vegada! —va EXCLAMAR (estava massa astorada per recordar bé la gramàtica)—. Ara m'estic allargant com el telescopi més llarg mai allargat!

I realment era així: l'Alícia s'estava *allargaaaaaaaaaaant* desmesuradament...

Una mar de llàgrimes!

L'Alícia es va buscar els peus amb la **MIRADA**, però ara eren tan lluny que ni tan sols podia distingir-los.

—Adéu, peus! —se'n va acomiadar—. Pobres peuets meus, qui us posarà les mitges i les sabatones d'ara endavant! Jo segur que ja no podré...

Mentre **RUMIAVA** com resoldre el problema, el cap li va xocar contra el sostre de la sala: ara feia gairebé tres metres! De seguida va agafar la clau daurada que havia deixat a la taula. Ara,

però, tornava a ser massa **GRAN** per passar per la porteta!

DESOLADA, es va posar a plorar novament. Al cap de poc, però, va sentir un soroll de passos a la llunyania i ràpidament es va eixugar les **LLÀGRIMES**, per veure qui era que venia. Era el Conill Blanc! Ara duia un parell de guants blancs en una mà, un gran ventall en l'altra i **trotava** més de pressa i tot que abans.

—Oh, la Duquessa! La Duquessa! —repetia el Conill tot esverat—. Es posarà com una **FÚRIA**, si la faig esperar tant!

Sense saber a qui més demanar ajuda, l'Alícia va intentar cridar-li tímidament l'**ATENCIÓ**.

—Senyor... Senyor Conill, perdoni'm...

En adonar-se de la seva presència,

el Conill Blanc es va sobresaltar, li van CAU-RE a terra el ventall i els guants i va fugir a passos curts i RÀPIDS.

L'Alícia va recollir els guants i el ventall i va començar a ventar-se, alterada.

—Mare meva! Mare meva! Que estrany que és tot, avui! Ahir, en canvi, tot semblava tan normal...

Mentre reflexionava en VEU ALTA, es va adonar que s'havia posat un dels petits guants blancs del Conill.

—Un moment! —es va sobresaltar—. Però com és que m'he pogut posar un guant tan petit? Em dec haver fet petita un altre cop!

Es va aixecar immediatament, es va acostar a la taula per mesurar-s'hi i va descobrir que si fa no fa devia fer només mig metre. I això no era tot: cada cop es tornava més petita! Aleshores va tirar el ventall i els guants a terra i va parar immediatament d'encongir-se.

—M'ha anat d'un pèl! —va sos-pirar molt alleujada—. Però renoi... Mai havia sigut tan petita! Justament mentre deia això...

XAP XAP XAP

es va trobar completament submergida en una vasta mar de llàgrimes: les seves!

Oh, Peix Gegant, ajuda'm!

Mentre NEDAVA entre les onades, l'Alícia es va lamentar:

—Oh, tant de bo no hagués PLORAT tant!

Al cap de poc, va sentir darrere seu un xipolleig a l'aigua i es va tombar, ALARMADA. No gaire lluny, un enorme Peix nedava tranquil·lament.

L'Alícia va dubtar: havia de dirigir la paraula a un Peix Gegant, a qui no coneixia? Aquell dia li passaven coses tan estranyes que al final la nena va decidir que ho intentaria. Així, es va escurar el coll, pensant en el to que faria servir: no volia semblar mal educada!

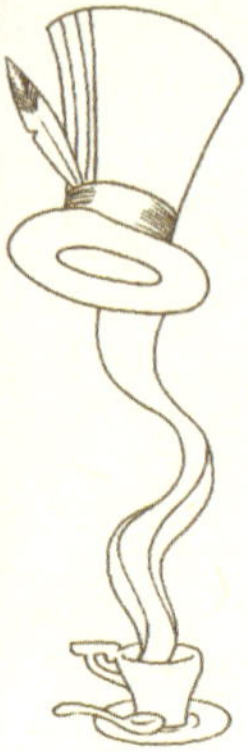

—Oh, Peix Gegant —va **COMENÇAR** a parlar amb un posat respectuós—, no sabries dir-me per casualitat com se surt d'aquesta mar d'**AIGUA?** Estic tipa de nedar tant!

El Peix se la va mirar amb *curiositat*, però no va contestar.

«Potser em té por», va pensar la nena. Aleshores li va dir:

—No t'has d'amoïnar, estimat Peix Gegant... Mira'm, no sóc pas un **GAT**, jo!

En sentir aquella paraula, el Peix es va ficar sota l'aigua, TREMOLANT.

L'Alícia es va picar el front amb la mà: però com se li acudia, d'esmentar els gats?! Pobre Peix, tot i que era **GEGANT**, li devien fer molta por.

—Oh, Peix Gegant, perdona'm! —va intentar arreglar-ho—. És normal que no t'agradin els gats.

—Que no m'agraden?! —va **REPLICAR** ell, obrint la boca per primer cop—. Tenen el costum de menjar-se'm, ara digue'm tu si...

L'Alícia va sospirar **alleujada**: si més no, el Peix Gegant parlava la seva llengua. Ja era alguna cosa.

—I els gossos, que t'agraden? —va continuar per donar-li una mica de conversa.

El Peix, molt **MOLEST**, se'n va allunyar nedant de pressa.

—Òndia, avui no n'**encerto** ni una!

L'Alícia va intentar fer tornar el Peix, perquè no tenia cap ganes de quedar-se tota sola enmig de les seves **LLÀGRIMES**.

—Un moment, Peix Gegant! —va implorar—. Torna, sisplau! No et **TORNARÉ** a parlar més de gossos, gats ni de cap animal que no t'agradi!

El Peix, més tranquil, va tornar nedant al seu costat.

—Que m'acompanyaries fora de l'AIGUA? —li va preguntar l'Alícia amb aire suplicant.

—D'acord! ANEM cap a la riba —va acceptar el Peix—. Després, si vols, t'explicaré per què no m'agraden els gossos...

Mentre s'obria pas entre les ONADES, l'Alícia es va adonar que al seu costat nedaven un Ànec, un Dodo, un Lloro (que és un periquito, però pobre de tu que l'anomenis periquito: s'ofèn molt!), un Aguiló i molts altres ocells d'espècies diferents.

Al cap de poques braçades, el grup va arribar a una PLATJA. Els ocells, però, tenien totes les plomes xopes i estaven molt intranquils per això.

El problema més important era trobar la manera d'eixugar-se, i DE PRESSA! Si no, algú agafaria un bon refredat!

Tothom va fer propostes sobre com ho faria, i l'Alícia va participar ANIMADAMENT en el debat. Després d'una encesa discussió, l'Aguiló, que semblava gaudir d'una certa autoritat, va **aixecar** les ales per fer callar la multitud.

—Tothom que segui i m'escolti! —va manar—. Jo faré que us eixugueu amb alguna cosa molt... «EIXUTA»!

Així, tot inspirat, va començar a pronunciar un discurs avorridíssim:

—En una època llunyana, però què dic llunyana, *llunyaníssima*... Però què dic llunyaníssima, llunyanissíssima... Però què dic... En una època...

Algú va **tossir** educadament: aquell discurs de ben

segur que era eixut, però a ningú se li havia eixugat ni una sola **ploma!**

Molt indiferent als atacs de tos, l'Aguiló va continuar:

—...però d'una llunyania... com ho diríem... llunyaníssima...

Aquell discurs semblava no tenir fi, fins que **TOT D'UNA** es va interrompre i va preguntar:

—Tot bé, preciosa? —adreçant-se a l'Alícia.

—D'aquella manera... —va contestar la nena, abatuda—. Encara estic xopa. No en puc estar més, de **XOPA!**

—En aquest cas —s'hi va ficar pel mig el Dodo, mentre s'aixecava—, jo tinc la solució!

La cursa en cercle

El Dodo va prosseguir:

—Nois, proposo que dissolguem ara mateix aquesta reunió i optem per mesures més **DRÀSTIQUES**.

Tots els ocells van parpellejar, perplexos (al Dodo li agradava fer servir paraules enrevessades).

—El millor sistema per eixugar-nos —va prosseguir el Dodo— és fer una cursa en cercle!

Per explicar-se millor, va agafar un bastonet i va traçar a terra el recorregut de la cursa, dibuixant una mena de cercle tot TORÇAT.

—La forma exacta no importa gens ni mica —va puntualitzar.

Els ocells es van col·locar de qualsevol manera a la pista: com que ningú deia «a la una, a les dues, a les tres... Va!», tothom va COMENÇAR a córrer, aturant-se quan li venia de gust i avançant en zig-zag cap a totes direccions.

Al cap d'una mitja horeta de cursa en cercle, ja s'havien eixugat tots, de manera que el Dodo va anunciar:

—S'ha acabat la CURSA!

Els participants el van encerclar, esbufegant cansats.

—Molt bé, qui és el GUANYADOR?

—Sí, això! Qui ha guanyat?

—Qui ha guanyat?

Abans de respondre, el Dodo va pensar una bona estona, amb el dit prement-se el front (la millor posició per fer veure que s'està **pensant** molt).

—Ha guanyat... Tothom! —va sentenciar al final—. Tothom ha guanyat i, per tant, tothom ha de rebre un premi.

—OOOOOOOOH! —van exclamar exultants els corredors.

—I qui donarà els premis? —va preguntar algú.

De seguida el Dodo va assenyalar l'Alícia.

—Els donarà ella, naturalment.

Els animals es van aplegar al VOLTANT de la nena, cridant i clacant.

—Premis! Premis!

—On són els nostres premis?

L'Alícia no sabia què fer: que ella sabés, no duia cap premi al damunt! Amoïnada, va furgar per les butxaques i per sort va trobar uns confits. L'aigua salada no els havia fet malbé i la nena, molt alleujada, va repartir

amb gestos solemnes els confits als guanyadors.

N'hi va haver un per a cadascun, però ella se'n va quedar sense.

—No és just! —va protestar l'Aguiló, DISGUSTAT—. Ella també ha de rebre un premi!

—Tens raó —va reaccionar de seguida el Dodo, amb **AIRE GREU**. Aleshores es va adreçar novament a l'Alícia:— Què més hi tens, a la butxaca?

Llavors l'Alícia va tornar a remenar-se les butxaques.

—Malauradament, només un didal —va dir **SOSPIRANT**.

El Dodo no es va alterar gens ni mica i va agafar el didal amb *delicadesa*, convidant a tothom a acostar-s'hi encara més per assistir a l'acte de lliurament.

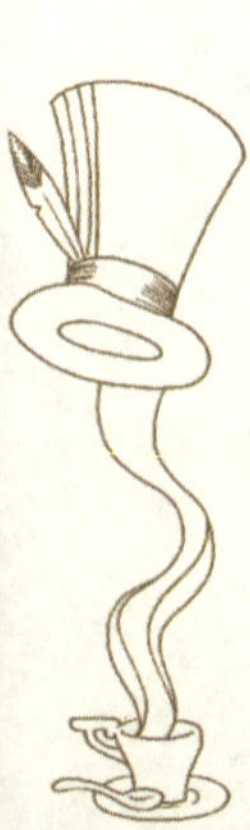

—Et demanem que acceptis aquest didal tan

bonic com a premi —va dir el Dodo, donant el didal de l'Alícia a l'Alícia.

La multitud va aclamar la nena amb gran entusiasme.

A l'Alícia li venien ganes de riure, però tothom semblava prendre's aquell moment amb tanta solemnitat que al final va acceptar el premi, fent una petita reverència.

Una llaaarga història que porta cua

Quan tothom va haver menjat el confit, l'Alícia es va adonar que el Peix Gegant els **OBSERVAVA** des de l'aigua. Llavors se li va acostar i, esperant que no es tornés a enfadar, li va preguntar:

—M'agradaria molt saber per què no t'**agraden** gens... Ehem, els *G*...

—Ah! —va sospirar el Peix Gegant, aixecant els ulls al cel—. És una llarga història, la meva, amb un final molt trist i que porta cua!

Així, tan bon punt el Peix va començar a parlar, l'Alícia es va imaginar les paraules en l'aire, disposades de manera que formessin una *llarguíssima* cua encorbada...

—Un dia un gos va veure un peix en un riu i li va dir: «Faré que et llevin les escates!». El peix va respondre: «Estimat gos, per què vols que em llevin les escates?». «Perquè reflecteixen el sol i m'enlluernen!», va respondre el gos ferotge.

—No m'escoltes! —va esclatar el Peix, RENYANT l'Alícia—. Es pot saber en què penses?! —va preguntar, irritat.

—Oh, et demano perdó! —va MURMURAR ella, ruboritzant-se—. M'estava imaginant el teu discurs en forma de cua. Si no m'equivoco, havia arribat a la tercera corba de la cua...

El Peix, molt ofès, va remugar alguna cosa i es va anar allunyant de l'Alícia, fins que va DESAPARÈIXER.

—Oh, no! —es va lamentar la nena—. No paro de VESSAR-LA! Si almenys tingués la Dina al meu costat! Ella sí que sabria fer tornar el Peix!

—I qui és, la Dina? —va preguntar el Lloro, intrigat.

La mirada de l'Alícia es va il·luminar: sempre es posava contenta, quan parlava de la seva Dina!

—És la meva gata! —va explicar—. I quan

empaita algú, podeu estar segurs que no el deixarà escapar! Sobretot els ocellets...

Aquelles paraules van PROVOCAR un bon enrenou entre els presents. Alguns ocells, ATERRITS, van volar immediatament. D'altres van començar a inventar-se excuses per marxar...

—Uix, quin mal de coll!

—I quin refredat! ATXIM!

—He deixat els ous sense vigilar, els he d'anar a veure ara mateix...

En un tres i no res, l'Alícia es va tornar a trobar SOLA. I va quedar tan aixafada que va començar a plorar una altra vegada.

Es fa tard! Es fa tard! Es fa tard!

L'Alícia encara plorava quan va sentir uns passets que s'acostaven d'AMAGAT. Aleshores es va eixugar les llàgrimes i va veure... el Conill Blanc!

I ella que es pensava que li havia perdut la pista!

El Conill avançava examinant el terreny atentament, com si busqués alguna cosa.

—Es fa TARD! Es fa TARD! Es fa TARD! —va remugar, passant just pel costat de l'Alícia—. Ai, on deuen ser! Potser m'han caigut per aquí...

L'Alícia es va recordar del ventall i dels mi-

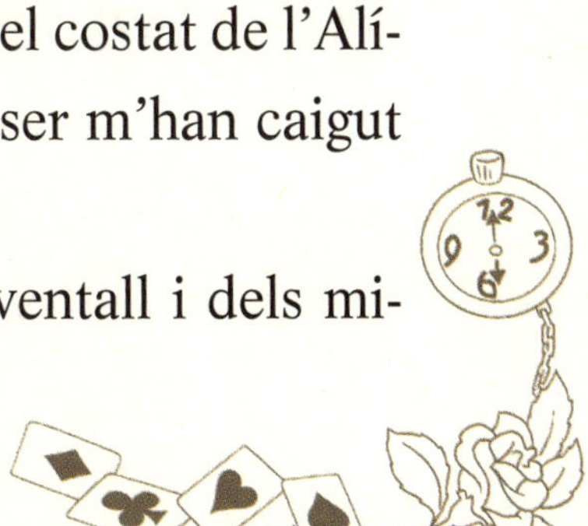

núsculs guants BLANCS que el Conill havia perdut a la sala, i de seguida també es va posar a buscar-los. Però no era gens *fàcil*: tot havia canviat després d'estar nedant entre les llàgrimes. Més ben dit, per ser exactes, la sala havia DESAPAREGUT! Mentre l'Alícia inspeccionava concentrada el terra, el Conill es va adonar finalment de la seva presència.

—Mary Ann! —va exclamar en un to bastant ASPRE—. Es pot saber què hi fas, aquí?! Vés immediatament a casa i porta'm un parell de guants i un ventall. AFANYA'T!

L'Alícia estava tan espantada que no va replicar i va córrer en la direcció que indicava el Conill, cap a un bosc que hi havia a prop d'allà. «Mary Ann?!», es va dir després. «Potser m'ha pres per la seva minyona. Almenys espero poder trobar els guants i el VENTALL! Un cop hagi trobat la casa, és clar...».

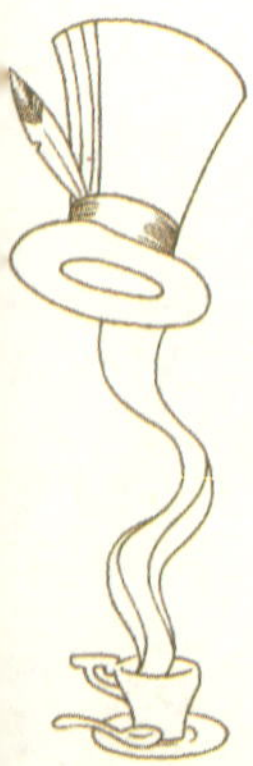

Ni fet a posta, just mentre formulava aquest pensament va arribar davant d'una caseta de dues plantes molt bonica. A la porta hi havia una placa de llautó amb el nom «Conill B.» gravat.

L'Alícia ni tan sols es va preocupar massa de TRUCAR, de tanta pressa com li havia encomanat el senyor Conill: va entrar i de seguida va pujar per les escales buscant l'armari de la roba.

—Que estrany, això d'obeir les ordres d'un Conill! —va comentar, mentre inspeccionava les habitacions.

Després d'una volta ràpida, va anar a PARAR a una habitació molt endreçada, amb una tauleta a sota d'una finestra: justament damunt la taula hi havia un ventall i diversos parells de guants, tots blancs.

Conill B.

L'Alícia no va perdre temps: va agafar el ventall, un parell de guants i va fer el gest de SORTIR de l'habitació, però la MIRADA li va anar a parar a una ampolleta que hi havia a prop.

—Oh, una altra ampolla! Qui sap què és el que conté...

La nena no s'hi va poder resistir, va treure el TAP i es va acostar l'ampolla als llavis.

«Cada vegada que bec», va pensar, «em passa alguna cosa interessant... Vés a saber què passarà aquest cop! Tant de bo torni a créixer. Oh, com m'agradaria! Estic cansada de ser tan menuda!».

Dit i fet! Encara no havia begut ni la meitat de l'ampolla que l'Alícia va sentir el cap fer pressió... contra el sostre! Va haver d'ajupir-se per no ARRENCAR la teulada de la casa.

—Ai, mare meva! —va exclamar—. Sí que volia fer-me més gran, però no tant!

L'Alícia va continuar **creixent**, creixent, creixent... Tant que ben aviat es va haver d'estirar a terra. Però en aquella posició estava INCOMODÍSSIMA!

Aleshores va estirar un braç fora de la finestra, que estava *lleugerament* oberta, i va ficar un peu a la campana de la llar de foc.

—Què serà de mi, ara? —es va lamentar, molt desconsolada.

Quan finalment va parar d'**engrandir-se**, va sentir una veu esverada que provenia de fora la casa. La nena es va posar a escoltar, parant bé l'orella...

En Bill el Llangardaix

L'Alícia va sentir que algú xisclava, impacient.

—Mary Ann! Què passa amb els guants?!

Va reconèixer la veu del Conill Blanc i el va sentir córrer escales amunt, pujant els esglaons a grans gambades.

La nena es va espantar tant que va oblidar completament que s'havia fet cent vegades més GROSSA que ell!

Aviat, el Conill va arribar a la porta de l'habitació i la va intentar OBRIR, però li va ser impossible perquè l'Alícia hi tenia clavat un colze.

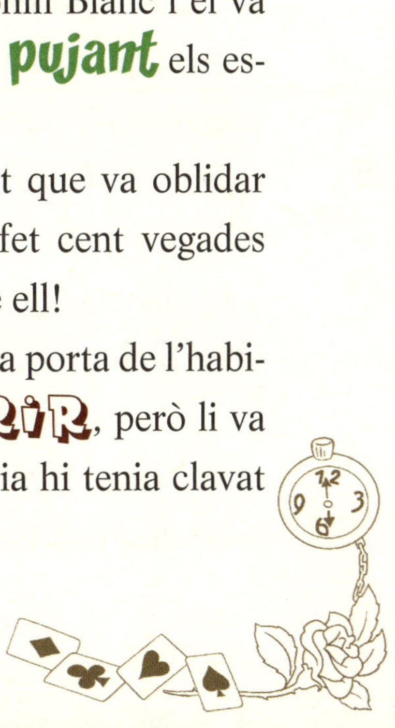

—Mmm... —va barbotejar el Conill—, hauré de donar la volta i entrar per la finestra!

ALARMADA, l'Alícia va esperar sentir els passos del Conill sota la seva finestra, va moure el braç que havia estirat fora i va intentar capturar el Conill amb la mà. No va aconseguir atrapar-lo, però va sentir un xiscle, seguit aviat d'un gran terrabastall de vidres TRENCATS: el Conill devia haver caigut a sobre d'alguna cosa...

—Pat! —va cridar el Conill—. On ets?!

—Sóc aquí, sóc aquí —va respondre una veu tranquil·la—. Estic recollint les patates, senyor!

—Deixa estar les patates! —va replicar el Conill, empipat—. Treu-me d'aquí!

L'Alícia va tornar a sentir una TRENCADISSA forta.

—I ara, Pat, digue'm —va continuar el Conill—. Què és això que surt per la finestra?

—Un braç, senyor! —va contestar la Pat.

El Conill va alçar els ULLS al cel.

—Però que no veus que GRAN que és?! Ocupa tota la finestra!

—Sí que l'ocupa, senyor —va confirmar la Pat—. Però no per això deixa de ser un braç.

—Bé, no hi ha cap raó per la qual hagi de bloquejar la meva finestra —va sentenciar el Conill—. Treu-lo ara mateix d'aquí!

Un llarg silenci va seguir aquelles paraules. L'Alícia es va quedar esperant i, després d'una bona estona, va sentir xerricar les rodes d'una carreta i una confusió de veus que xiuxiuejaven.

—On és l'escala? Bill! Bill, porta l'escala!

—Bill, agafa aquesta corda i PUJA a la teulada!

—Ara baixa per la xemeneia, Bill!

—Ah, és així?! —es va MOLESTAR l'Alícia—. Tot ho ha de fer ell, oi?! Ai, Bill, siguis qui siguis, no voldria estar a la teva pell!

Conill B.

Dit això, l'Alícia va esperar que en Bill BAIXÉS per la xemeneia i aleshores li va clavar un bon cop de peu! No era que tingués intenció de fer mal a aquella criatura, però no tenia altra manera de fer-la FORA.

A l'exterior es va produir un gran enrenou.

—Bill, amic meu, què t'ha passat?

En Bill, encara mig estabornit, va barbotejar alguna cosa sense sentit i es va DESMAIAR.

Just després, una pluja de pedretes va començar a caure damunt de l'Alícia a través de la finestra que no estava **TAPONADA** pel seu braç. Aviat, la nena es va adonar que les pedretes, un cop tocaven a terra, es transformaven en *pastissets*.

—Me'n podria menjar un! —va EXCLAMAR—. Més que ara ja no puc créixer, per tant, segurament farà que em torni més *petita*...

Així que es va empassar el pastisset, va començar a **encongir-se**. Quan va ser prou petita per passar per la porta va sortir a correcuita de la casa.

A prop de l'entrada va veure el Conill Blanc al costat d'alguns animals i d'un llangardaix **MOLT PÀL·LID** (devia ser en Bill), aguantat per dos conillets d'Índies.

Llavors, sense fer-se notar, l'Alícia es va escapar **CORRENTS** i es va refugiar en l'espessor del bosc.

Qui ets, tu?

Un cop va ser prou lluny de la caseta del Conill Blanc, l'Alícia va sospirar.

—M'ha anat d'un pèl!

Tot seguit es va posar a rumiar què havia de fer.

—Primer de tot —va considerar—, he de recuperar l'alçada adequada per arribar al jardí que es veia al fons del passadís. Després he de trobar el CAMÍ per arribar-hi. Sí, em sembla que és un bon pla!

I ho era, certament. Llàstima que l'Alícia no tingués idea de com portar-lo a terme!

—Vejam —va dir—. Com es deu poder fer per

tornar a créixer? Segur que hauré de menjar o de **beure** alguna cosa... Però quina?

L'Alícia va mirar bé totes les flors i els brins d'HERBA dels voltants. Aleshores, la mirada va anar a parar damunt d'un bolet molt gros, gairebé tan alt com ella.

Després d'observar-lo molt detingudament, la nena va mirar també què hi havia al DAMUNT. Per això es va aixecar de puntetes i hi va donar una ullada.

Els seus ulls van topar amb els d'una gran Eruga, que s'estava asseguda **DAMUNT** del bolet amb els bracets plegats, sense fer-li cas ni a ella ni a res.

L'Eruga i l'Alícia es van mirar en *silenci* durant una estona. Finalment, l'Eruga es va estirar suaument cap a ella i amb una veu esllanguida i SOMNOLENTA li va demanar:

—Qui ets, tu?

Com a inici d'una conversa no era gaire encoratjador. L'Alícia va respondre amb un punt de *timidesa*:

—Ehem, la veritat... La veritat és que no ho sé, senyor...

—Què vols dir? Explica't! —la va **exhortar** l'Eruga—. Si jo no ho entenc, m'ho has de fer entendre *tu*!

—Malauradament, senyor, no us puc fer entendre qui sóc *jo* —va intentar explicar-se l'Alícia—, perquè jo ja no sóc *jo*, vull dir... A **VEURE**... Canviar tantes vegades de mida et deixa força **confós**...

—No ho veig de cap manera, no ho sé de cap manera! —va replicar l'Eruga sense alterar-se.

—Bé, no ho sabeu *de moment* —va rectificar l'Alícia—. Però quan us transformeu en crisàlide i després en *papallona*... també se us farà una mica estrany, no creieu?

—De cap manera! —va replicar molt secament l'Eruga, negant amb el cap.

L'Alícia es va impacientar: en la seva vida l'havien contradit tant! Així doncs, va preferir no afegir res més i se'n va anar.

Aleshores l'Eruga va començar a gesticular (tant com li permetien les seves curtes potes) perquè tornés enrere.

—Espera't! Espera't! T'he de dir una cosa **MOLT IMPORTANT!**

L'Alícia, molt pacient, va tornar a acostar-se al bolet.

—No t'has d'empipar tant —va comentar l'Eruga—. Quina alçada t'agradaria tornar a tenir?

—Bé... M'agradaria ser una mica més gran que ara, si és possible... La veritat, vuit centímetres és una alçada ridícula!

L'Eruga es va redreçar, tota tibada (feia vuit centímetres exactes), i va exclamar:

—Ridícula?! És una alçada excel·lent!

—Però jo no hi estic pas acostumada! —va intentar justificar-se l'Alícia.

—Sigui com sigui —va afegir l'Eruga, fent un gran badall—, un costat et farà més gran i l'altre més petit.

«Un costat de *què*? L'altre costat de *què*?», va pensar l'Alícia, perplexa.

—Del bolet! —va xisclar l'Eruga, com si la nena hagués parlat en VEU ALTA.

I al cap d'un moment va DESAPARÈIXER.

Serp! Seeerp!

L'Alícia, PENSATIVA, va examinar el bolet intentant saber de quin costat havia de menjar per **créixer**.

Al final va allargar al màxim els braços al voltant del barret del bolet i en va arrencar un tros amb cada mà. Va començar a mossegar el trosset que tenia a la mà dreta, per **VEURE** quin efecte tenia. I... Plam! Tot d'una va sentir un cop molt **violent** a sota la barbeta. L'Alícia s'havia fet tan petita que havia picat amb la cara contra un dels seus peus!

Aleshores es va afanyar a mossegar el trosset de bolet que duia a la mà esquerra.

—Ara sí que va bé! —va exclamar en notar que el cap tornava a pujar AMUNT.

Tot i que, ben mirat... el cap li estava pujant una mica *massa* amunt.

L'Alícia va ajupir el cap per veure's millor i es va adonar que el coll se li havia allargat desmesuradament, fins al punt que ara s'enlairava com la tija d'una flor sobre una mar de fulles verdes.

—Què és, tota aquesta **verdor** que tinc al voltant dels peus? —va dir sobresaltada—. I on han anat a parar, les espatlles? I les pobres mans, ja no les veig! Ai, pobre, de mi...

Mentre deia tot això, l'Alícia va començar a BELLUGAR els braços, intentant descobrir què se n'havia fet de les mans. Però l'únic efecte que en va treure va ser un lleu cruixit!

La nena va intentar esbrinar què hi havia sota seu. Va donar un cop d'ull i es va adonar que les fulles que veia no eren més que les capçades dels arbres a l'OMBRA dels quals es trobava feia un moment. Aleshores, vist que portar-se les mans al cap semblava una feina DESESPERADA, va tractar d'abaixar el cap envers les mans. D'aquesta manera va descobrir que el seu llarguíssim coll es doblegava amb una gran facilitat en totes direccions, ben bé com si fos una serp. Mentre tractava de fer alguns moviments per agafar confiança amb la nova transformació, un fort xiulet la va sobresaltar.

PIIIIIIIPPP

—Serp! Seeerp! —va cridar aleshores una veueta aguda, mentre alguna cosa picava insistentment el rostre de la nena amb el bec i les ALES.

Quan a la fi la tempesta es va haver calmat, l'Alícia es va adonar que la veu pertanyia a un gran Colom d'aire sorrut.

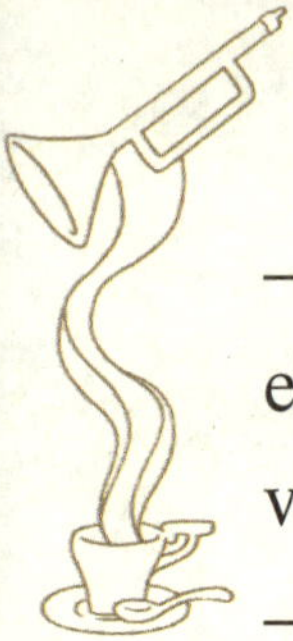

—Serps, serps, sempre les serps —va repetir el Colom—. Com si ja no fos prou DIFÍCIL covar els ous, a sobre cal defensar-se de les serps!

—Em sap molt greu haver-la molestat —es va disculpar educadament l'Alícia—. Però MIRI'M, jo *no sóc* una serp.

—Ah, ves per on! —se'n va burlar el Colom—. I llavors què ets, aviam?

—Bé, sóc... una nena —va contestar l'Alícia.

—Doncs una nena, és clar! —va replicar l'ocell, ARROGANT—. I també em diràs que no menges ous, oi?!

—Sí, sí que en menjo —va contestar l'Alícia, que era una nena molt sincera—. Però...

El Colom va replicar:

—Ho veus?! I doncs, nena o serp, quina diferència hi ha? De totes maneres véns a caçar ous, o sigui que ja pots tocar el dos!

En aquell moment l'Alícia es va recordar que encara tenia els TROSSOS de bolet a les mans. Així, es va posar a mossegar-los, ara l'un i després l'altre, fins que va tornar a fer prop de vint-i-tres centímetres: quin descans! Es va guardar el que quedava del bolet a la butxaca i va mirar al seu voltant. Era en una clariana ben a prop d'una gran casa d'aspecte molt, molt senyorial.

El Lacai Peix i el Lacai Granota

Mentre l'Alícia contemplava la casa amb curiositat, un lacai tot elegant va sortir del bosc i es va dirigir cap a l'entrada. L'Alícia va saber que era un lacai per la lliurea: fora d'això, tenia l'aspecte d'un peix gros, i a sota el braç hi duia un sobre enorme.

El Lacai Peix va trucar a la porta de la casa, i un altre lacai en lliurea, de cara rodona i uns ULLS grossos de granota, el va obrir. Els dos lacais portaven una gruixuda perruca de rínxols empolvorats.

Intrigada, l'Alícia s'hi va acostar d'amagat. El Lacai Peix va agitar el sobre, amb solemnitat.

—Per a la Duquessa. Una invitació a un partit de croquet, de part de la Reina!

En sentir aquelles paraules, el Lacai Granota va inclinar el cap cerimoniosament i va repetir la mateixa frase, canviant lleugerament l'ordre de les paraules:

—De part de la Reina. Una invitació a un partit de croquet per a la Duquessa!

L'un davant de l'altre, tots dos es van acomiadar amb una gran REVERÈNCIA. Però quan el Lacai Granota va fer el gest de marxar, es va adonar que la seva perruca s'havia enganxat amb la del Lacai Peix!

A l'Alícia li van agafar ganes de riure i es va allunyar perquè no la descobrissin.

Quan la nena va tornar davant de la casa, el Lacai Peix se n'havia anat, mentre el Lacai

Granota s'asseia al costat de la porta i mirava el cel amb expressió encantada.

L'Alícia va anar cap a la porta i va trucar.

TOC TOC TOC

—Oh, no serveix de res que truquis —la va advertir el Lacai Granota—. Per dues raons de pes. Primer, jo sóc qui t'hauria d'obrir, però com VEUS sóc a fora amb tu. Segon, a dintre hi ha tant rebombori que és impossible que ningú et senti.

I, efectivament, de l'interior de la casa arribaven sorolls confusos i ensordidors: xiscles, ESTERNUTS, trencadissa de plats...

—Però jo hi vull entrar —va objectar l'Alícia—. Què he de fer?

—Trucar seria útil si tu fossis a *dintre* —va continuar parlant el Lacai Granota, IG-

NORANT la pregunta de l'Alícia i perdent-se en els seus pensaments—. En aquest cas, jo et podria obrir i deixar que sortissis...

Just aleshores, la porta de la casa es va obrir de bat a bat: un gran plat va sortir VOLANT, va passar fregant el cap del Lacai Granota i va anar a espetegar contra un arbre.

—Ara puc entrar? —va insistir l'Alícia.

Va esperar uns minuts i després, en no rebre cap resposta, va passar la porta.

La Duquessa

La porta donava directament a una cuina molt gran i plena de fum. Al bell mig de l'habitació hi destacava la Duquessa (l'Alícia la va reconèixer perquè tenia tot l'aspecte d'una Duquessa). Asseguda en un tamboret, sostenia als braços un nadó molt ben embolcallat: només se li veien els ulls. No gaire lluny, una Cuinera grossa remenava amb dedicació una sopa en una caldera GEGANTINA. L'Alícia va sentir que li picava el nas: allò que li havia semblat fum en realitat era PEBRE! Per culpa de tant de pebre, la Duquessa feia un esternut darrere l'altre, i el nadó que tenia

en braços udolava, no parava de MOURE'S i esternudava a ràfegues.

Els únics presents a la cuina que no esternudaven eren la Cuinera i un gran Gat ajagut davant de la LLAR DE FOC.

L'Alícia es va entretenir mirant el Gat: era ben estrany! La boca se li eixamplava en un somriure d'orella a orella.

El Gat mirava contínuament l'Alícia i no parava ni un moment de SOMRIURE.

—Ehem, perdoneu-me... —va fer un pas endavant la nena, esperant no semblar mal educada—. Em podríeu dir per què el vostre GAT somriu d'aquesta manera?

—Perquè és un Gat de Cheshire —va respondre la Duquessa—. Quines preguntes!

L'Alícia estava una mica COHIBIDA (la veritat

era que no havia estat mai en presència d'una Duquessa), però aquell Gat la **intrigava** tant que no va poder evitar insistir-hi.

—No sabia que els gats de Cheshire somriguessin d'aquesta manera —va confessar amb cortesia—. Més ben dit, si he de ser sincera, no sabia pas que els gats *somriguessin*!

—Oh, tots els gats somriuen —va confirmar la Duquessa.

—Doncs jo no en conec cap que ho faci —va replicar molt educadament la nena. No estava **gens segura** que fos bo contradir una Duquessa, però estava contenta d'haver encetat una conversa.

—Tu no saps una pila de coses —va sentenciar la Duquessa, SECA—. Aquesta és la veritat.

L'Alícia es va ofendre una mica amb aquella resposta tan brusca, però es va estimar més no replicar.

En aquell moment la Cuinera va treure la caldera del **FOC**. I just després, **inesperadament**, va començar a llançar damunt de la Duquessa i del nadó tot el que tenia a l'abast: cassoles, plats, paelles...

—Però senyora! —va xisclar l'Alícia, tractant d'aturar-la—. Sisplau, aneu amb **COMPTE!**

La Duquessa, per la seva banda, esquivava els cops com si res.

—Si tothom tingués cura del que fa —va comentar al cap d'una estona amb aire greu, esquivant un saler amb un **ÀGIL** saltiró—, estic convençuda que la Terra giraria molt més de pressa!

—Ah, però això *no seria* pas cap avantatge —va objectar l'Alícia—. Penseu en el que passaria amb el dia i la **NIT!** Perquè la Terra

triga vint-i-quatre hores a girar sobre el seu *eix* i...

—No em donis la llauna! —la va interrompre la Duquessa—. No he suportat mai els càlculs i els números! —Després, impacient, li va donar el nadó en braços, mentre exclamava:— Té, bressola'l tu! Jo m'he de preparar per anar al partit de croquet amb la Reina.

Nen o garrí?

L'Alícia va tenir DIFICULTATS per subjectar el nadó: no només pesava molt, sinó que estenia els braços i les cames en totes DIRECCIONS.

—Mare meva, tu no pares quiet! —li va recriminar la noieta.

Quan finalment va trobar la MILLOR manera de bressolar-lo i calmar-lo, la criatura va començar a bufar com una locomotora. Aleshores l'Alícia va decidir emportar-se'l a fora a passejar. Un cop a l'aire lliure, el nadó va deixar finalment d'esternudar. Però ara, en canvi, va començar a... GRUNYIR!

L'Alícia, molt preocupada, va mirar atentament el nadó: tenia dues galtes rosades i un nassarró de patata, que ben mirat era... una *mica massa* de patata!

Semblava realment un morro.

Els ULLS també eren molt *estranys*, per ser els d'una criatura...

—Si et vols transformar en un garrí, preciós —va dir l'Alícia, amb un posat greu—, jo no em podré fer càrrec de tu. Tu mateix!

Just aleshores, el pobret va fer un singlot, que es va convertir en un grunyit tan fort i potent que l'Alícia gairebé es va espantar. Ara ja no en tenia cap dubte: era un garrí de debò!

Com que ara ja no tenia gaire sentit dur-lo en braços, l'Alícia el va posar delicadament a TERRA i el va deixar lliure.

El porquet, tot content, va sortir trotant cap al BOSC.

—Com a nen potser no era gaire bonic —va

observar l'Alícia—. Però com a garrí s'ha de reconèixer que és una **PRECIOSITAT!**

Mentre feia aquestes reflexions, l'Alícia va veure un animaló ajagut mandrosament damunt la

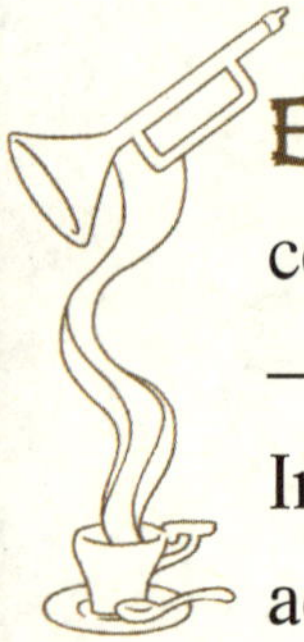

BRANCA d'un arbre i de seguida el va reconèixer.

—Ves per on! —va exclamar sorpresa la nena.

Intrigada, es va acostar per observar millor aquell animal tan estrany...

Quin camí he d'agafar?

L'Alícia es va acostar titubejant a l'arbre: en una branca, jeia justament ell... El Gat de Cheshire!

Així que va veure l'Alícia, el Gat va EIXAMPLAR encara més el seu amplíssim somriure.

—Mixet de Cheshire —va començar la nena, vacil·lant (no sabia si al Gat li agradava que li diguessin així).

El somriure del Gat es va eixamplar més.

«Almenys està content», es va **tranquil·litzar** l'Alícia.

—Mixet de Cheshire —va continuar—, em podries dir quin CAMÍ he d'agafar?

—Bé —va respondre el Gat—, això depèn en bona part d'on vulguis anar.

L'Alícia va reflexionar.

—En realitat no ho sé...

—Aleshores tampoc no importa gaire quin camí agafis —va objectar el GAT.

—Sempre que dugui a alguna banda —va puntualitzar l'Alícia.

—Oh, a alguna banda et durà segur —va observar sàviament el Gat—. Només és qüestió de caminar i prou.

Tenia raó. No sabent com replicar, l'Alícia es va estimar més enfocar-ho d'una altra manera.

—Qui viu per aquí? —li va preguntar.

—En *aquella* direcció —va explicar el Gat de Cheshire, aixecant la pota dreta—, viu el Barreter Boig. En *aquella*

altra DIRECCIÓ viu la Llebre de Març. Pots visitar l'un o l'altre, si així ho vols.

Dit això, el Gat li va somriure i es va acomiadar exclamant:

—Ens veiem al partit de croquet amb la Reina!

L'Alícia estava cada cop més **perplexa**: partit de croquet?! Li hauria agradat moltíssim participar-hi, però ni tan sols havia estat convidada.

Abans que pogués dir res, però, el Gat va començar a desaparèixer molt *lentament*, començant per la punta de la cua i deixant pel final el somriure, que va continuar visible una bona estona fins i tot després que la resta ja s'hagués ESBORRAT.

—Aquesta sí que és bona! —va comentar l'Alícia—. Moltes vegades m'ha passat d'observar un gat sense somriure. Però un somriure sense gat no ho havia vist mai! És ben **curiós!**

Quin camí he d'agafar?

Després d'haver esperat sota d'un arbre un parell de minuts, no fos cas que el Gat de Cheshire tornés a APARÈIXER, la nena va decidir continuar el camí. Fent saltirons es va dirigir cap a la casa de la Llebre de Març.

Un te ben estrambòtic!

L'Alícia va recórrer un breu TRAM de bosc i va anar a parar davant d'una gran casa amb les orelles (en realitat eren dues xemeneies) i la teulada recoberta de PELLS.

—La casa de la Llebre de Març! —va deduir la nena (eren sobretot les orelles el que l'havia CONVENÇUT).

La casa era tan imponent que l'Alícia no s'hi va voler acostar abans d'haver menjat un altre TROS de bolet i haver crescut almenys fins als seixanta centímetres. Després, temorosa, va avançar cap a l'entrada.

—Esperem que la Llebre de Març no sigui tan IRASCIBLE com la Duquessa! —va confiar—. Potser m'hauria valgut més anar a casa del BARRETER Boig...

L'Alícia no podia saber que es trobaria el Barreter molt abans del que es podia imaginar! Davant de la casa de la Llebre hi havia una gran taula parada per a una vintena de persones, amb tasses de te, sucreres, platets, llesques de pa, mantega i moltes coses més. La Llebre de Març estava asseguda en un RACÓ i assaboria el seu te en companyia d'un homenet que duia un barret molt vistós: era el Barreter Boig!

Al mig de tots dos s'asseia també un gran Liró, que dormia com un tronc. La Llebre i el Barreter el feien servir de coixí: feien descansar els colzes al seu llom, mentre enraonaven amablement.

«Quina posició tan incòmoda per al pobre Liró», va pensar l'Alícia dintre seu.

La taula era molt GRAN, i malgrat això tots tres s'arrambaven en un mateix extrem.

Així que van veure arribar l'Alícia, la Llebre i el Barreter Boig es van AIXECAR immediatament i van intentar fer-la fora.

—No hi ha lloc! No hi ha lloc! —van cridar, gesticulant alarmats.

—Però si sobren un munt de llocs! —va replicar la **nena**, asseient-se en una gran butaca al final de la taula.

Aleshores la Llebre va donar la volta a la taula i es va asseure davant del Barreter.

—Pren una mica de suc de taronja —va proposar la Llebre de Març a l'Alícia, encoratjant-la.

La nena va recórrer la taula amb la **MIRADA**, però no va veure altra cosa que te.

—Gràcies, però no en veig, de suc —va dir.

—La veritat —va confirmar la Llebre— és que no en tinc ni per fer un **GLOP**.

L'Alícia es va empipar.

—Doncs llavors no és de gaire bona educació que me n'ofereixis!

—Tampoc és gaire correcte que t'asseguis a taula sense haver estat convidada!

—va replicar la Llebre de Març, **altiva**.

—Perdoneu-me —es va ruboritzar l'Alícia—. Aquesta taula està parada per a moltes persones i jo...

—Tens els cabells massa *llargs*

—la va interrompre el Barreter Boig.

El Barreter mirava **ATENTAMENT** l'Alícia des que aquesta havia arribat.

—Hauries d'aprendre a no fer observacions personals, saps? —el va renyar l'Alícia—. No està gens *bé!*

El Barreter va esbatanar els ulls, sorprès pel seu atreviment, però va decidir canviar de tema.

—En què s'assemblen un CORB i un escriptori? —va preguntar a la nena.

«Finalment una cosa divertida!», va pensar l'Alícia, satisfeta. Li encantaven les endevinalles!

Endevina endevineta

«Un corb i un escriptori...», va rumiar l'Alícia. «Vejam...».

El Barreter i la Llebre de Març la van observar, EXPECTANTS.

—Sí, em sembla que aquesta la podré endevinar —va dir la nena.

—Vols dir que creus que ens en podràs donar la resposta? —va afegir la Llebre, molt curiosa.

—Exacte! —va confirmar l'Alícia.

—Llavors val més que diguis el que penses —va instar-la la Llebre.

—Sí, sí, és el que penso dir... —va contestar

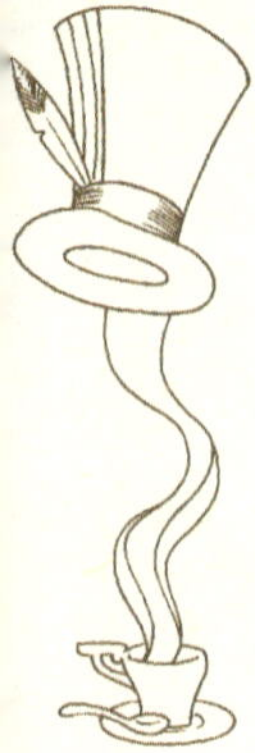

l'Alícia—. És a dir, vull dir el que penso... És el mateix que dieu vosaltres!

El Barreter Boig va arrufar el nas, **molt indignat**.

—De *cap manera* és el mateix! És com dir que «Veig el que menjo» és el mateix que «Menjo el que veig»!

—O que «M'agrada el que em donen» és igual que «Em donen el que m'agrada» —va replicar la Llebre, **PEREPUNYETES**.

El Liró, que mentrestant s'havia despertat i encara no havia dit res, va badallar sonorament i es va sentir amb el deure d'intervenir:

—O que... «Respiro mentre dormo» és el mateix que «Dormo mentre RESPIRO»...

—Però en el teu cas sí que és el mateix! —el va contradir el Barreter Boig.

En aquell punt la conversa va decaure i els presents es van quedar en SILENCI durant uns quants minuts.

L'Alícia, que havia tingut certes **dificultats** per seguir el raonament del Barreter Boig, ho va aprofitar per intentar recordar el que sabia sobre els corbs i els escriptoris. La nena estava decidida a resoldre aquella endevinalla tan estranya!

Un rellotge amb mantega

El Barreter va ser el primer que va TRENCAR el silenci. Es va treure un gran rellotge de la butxaca i va començar a examinar-lo amb ASPECTE preocupat, sacsejant-lo i posant-se'l a l'orella de tant en tant.

—Quin dia del mes és? —va preguntar finalment a l'Alícia.

—És... el quatre —va dir la nena, després de PENSAR-HI una mica.

—Ho sabia —va sospirar el Barreter.

Aleshores va MIRAR indignat la Llebre de Març, que havia tornat a donar la volta a la taula i s'havia assegut a prop del Liró.

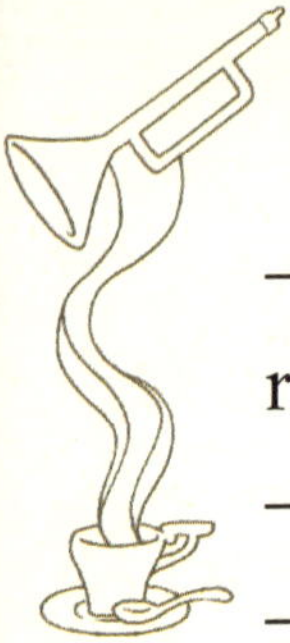

—Ja t'ho havia dit que la **MANTEGA** no aniria bé per als engranatges!

—Però era una mantega *excel·lent*, sens dubte —va replicar la Llebre, *serena*.

—Sí, però a dins devien caure també algunes engrunes de pa! —va remugar el Barreter—. No hauries d'haver fet servir el GANIVET del pa per untar-lo!

La Llebre de Març va agafar el rellotge i se'l va mirar amb un posat greu. Després el va sucar a la tassa de te i va tornar a examinar-lo detingudament.

—Una mantega *excel·lent* —es va refermar.

L'Alícia havia assistit a tota aquella operació amb una gran **curiositat**.

—Quin rellotge tan estrany! —va exclamar, sorpresa—. Diu el dia del mes, però no diu quina hora és!

—I per què l'hauria de dir? —va remugar el Barreter—. Que potser el teu rellotge et diu quin any és?

—És clar que no —va contestar l'Alícia immediatament—. Però això és perquè el mateix any dura MOLT de temps.

El Barreter va arronsar les espatlles.

—Bé, el meu fa el mateix amb les hores.

—No entenc gaire què em vols dir —va confessar *educadament* l'Alícia.

El Barreter no es va immutar.

—El Liró s'ha tornat a adormir —es va limitar a observar, abocant sobre el morro de l'animaló algunes gotes de te CALENT.

El Liró es va mig despertar i va fer algun comentari inconnex:

—Zzz, i tant, i tant... zzzz, jo anava a dir el mateix, zzzzz...

—I bé! —va exclamar el Barreter Boig, amb l'AIRE de qui vol dirimir una qüestió important—. Finalment has pogut resoldre l'**endevinalla?**

—No, em rendeixo —va admetre l'Alícia, amb modèstia—. Quina és, la solució?

—Ah, no en tinc la més mínima **IDEA** —va confessar el Barreter amb candidesa.

—Jo tampoc! Jo tampoc! —s'hi va unir la Llebre, picant de mans, exultant.

L'Alícia, **EMPIPADA**, va sospirar:

—Podríeu buscar maneres millors de passar el **TEMPS**, en comptes de malgastar-lo amb endevinalles sense resposta!

El Barreter Boig es va plegar de braços, amb un aire de perdonavides.

—Si coneguessis el Temps com jo el conec, senyoreta, no ho diries, això! Posaria les mans al foc que no hi has parlat mai, amb el Temps!

—Potser no —va dir l'Alícia—. Però sé que, a classe de **MÚSICA**, he de marcar el temps!

—Ha, ha, ha! —El Barreter Boig es va picar un genoll amb la mà.— El Temps *no suporta* que el marquin. Però si t'entenguessis *bé* amb ell, podries demanar al rellotge tot el que volguessis!

L'Alícia va fer uns **ULLS** com unes taronges: era una notícia extraordinària.

—Posa que siguin les nou del matí, per exemple: l'hora en què comencen les classes —va explicar el Barreter—. En aquest cas, podries demanar al rellotge (amb amabilitat, s'entén) que faci un **SALT** endavant i que passi directament a l'hora de dinar!

—Però **aleshores** encara no tindria gana... —va observar agudament l'Alícia.

—Al principi potser no —va coincidir-hi el Barreter—. Però podries quedar-te a l'hora de dinar fins que en tinguessis *ganes!*

L'Alícia va tornar a fer uns ulls com unes taronges.

—Això és el que feu vosaltres? Heu decidit aturar-vos a l'hora del te?

El Barreter va **sacsejar** el cap, tot trist.

—Oh, no, el nostre cas és ben diferent! Tot va començar el març passat. Va ser en el gran concert que va oferir la Reina de Cors —va continuar—. Jo havia de cantar la cançó «Brilla, brilla, ratpenat»... Saps?, aquella que fa així...

BRIIILLA, BRIIIILLAAAA, RATPEEEENAAAAT!

I es va posar a interpretar la cançó, refilant i **desafinant** pràcticament a cada nota. L'Alícia va resistir la temptació de tapar-se les orelles i va esperar que acabés l'actuació.

El Barreter, satisfet, va continuar el relat:

—Doncs bé, gairebé ja havia acabat la primera estrofa, quan la Reina es va posar a **XIS-**

CLAR: «El Temps està equivocat! Fiqueu-lo a la presó!». I des d'aleshores, el Temps, com a càstig, sempre fa que em quedi a les sis de la tarda.

—Ara ho entenc! —va exclamar la **nena**—. Per això la taula sempre està parada per al te...

El Barreter va assentir:

—Exacte: sempre és l'hora del te i no tenim temps de rentar els plats. Així, quan els **EMBRUTEM**, simplement canviem de lloc.

—Quina història tan avorrida! —va badallar la Llebre—. Proposo que el Liró ens expliqui alguna cosa *nova*...

L'estrafolària història del pou de melassa

El Barreter Boig i la Llebre de Març van començar a **sacsejar** el pobre Liró.

—Desperta't, Liró! Liróóó!

El Liró va obrir *lentament* els ulls, immòbil.

—Zzz, estava despert, zzzz... —va murmurar, amb veu ronca i somnolenta.

La Llebre i el Barreter, impacients, li van clavar una pessigada. El Liró, aleshores, va començar a explicar el conte:

—Hi havia una vegada tres germanetes que vivien al fons d'un **POU**...

—I què menjaven? —va preguntar l'Alícia.

—Melassa! —va respondre el Liró, badallant.

—Melassa?! —va preguntar l'Alícia, bastant SORPRESA.

—Vols una mica més de te? —va intervenir en aquell moment la Llebre, donant-li una tassa.

L'Alícia la va mirar, PERPLEXA.

—Encara no n'he pres gens. Com vols que en prengui, doncs, *una mica* més?

De tota manera, va aprofitar l'oferiment i es va servir te i pa amb mantega. Després va tornar a la càrrega:

—I per què vivien al fons d'un pou, les tres germanes?

El Liró va rumiar la resposta una bona estona.

—Perquè era un pou de melassa —va sentenciar finalment.

L'Alícia va aixecar els ulls al cel, exasperada.

—Però no n'hi ha, de pous de melas...

—Xxxt! Xxxxt! —la van interrompre el Barreter Boig i la Llebre de Març, contrariats—. És de mala educació, interrompre!

L'Alícia es va disculpar:

—D'acord, admeto que n'hi hagi *un*, de pou de melassa —va exclamar, **condescendent**.

—Un, un! Qui diu que n'hi hagi més?! —va confirmar el Liró—. Bé, doncs...

—Vull una tassa neta! —va anunciar la Llebre, **AIXECANT-SE** bruscament de la cadira—. Moguem-nos tots un lloc!

Havent dit això, va seure a la **CADIRA** següent: el Liró va agafar el seu lloc, el Barreter va ocupar el lloc del Liró i l'Alícia, de mala gana, va haver de posar-se al lloc del Barreter.

L'única que va sortir guanyant amb els **DESPLAÇAMENTS** va ser la Llebre.

L'Alícia, en canvi, es va trobar en una posició molt pitjor, perquè el Barreter havia vessat la gerra de la LLET sobre la taula. Això ja passava de mida: quina mala educació! La nena es va aixecar de taula indignada i se'n va anar sense dir adéu.

Al cap d'uns passos, però, l'Alícia es va tombar per comprovar si per casualitat la cridaven per tornar. El BARRETER i la Llebre, però, ja estaven ocupats en una nova i divertida activitat: estaven intentant ficar el Liró en una tetera!

L'Alícia va bufar i es va endinsar al bosc. Sens dubte, aquell era el te més estrambòtic en què havia participat mai!

Roses blanques, roses vermelles

Mentre caminava entre els ARBRES, l'Alícia es va adonar que un d'aquests tenia un enorme TRONC buit, amb una veritable porta d'entrada.

—Que curiós! —va comentar.

Després de donar una rapidíssima ULLADA al voltant, va empènyer la porteta i va entrar.

I... increïble! Amb gran sorpresa, l'Alícia es va trobar exactament a la mateixa sala on havia anat a parar al principi, després de CAURE a la lloriguera del Conill.

Hi era tot: la tauleta de vidre, la clau dau-

rada, el passadís, la porteta que conduïa al deliciós jardí...

—Aquesta vegada he de mirar de no fer DISBARATS —es va dir l'Alícia.

Va agafar la clau i amb compte va obrir la porteta. Aleshores es va treure de la butxaca el que quedava dels **TROSSETS** de bolet i en va menjar un fins a aconseguir l'alçada adequada per passar per la porta. Després va recórrer el passadís i finalment... El jardí tan desitjat! L'Alícia va mirar al seu voltant, admirada: hi havia parterres florits, bardisses, fonts... Una autèntica **meravella!** Just al costat de l'entrada, l'Alícia va veure un gran roser. Les roses que hi florien eren blanques, però hi havia tres Jardiners que s'afanyaven a ***PINTAR-LES*** de vermell amb pots de pintura i pinzells.

«Vés a saber per què pinten les roses...», es va preguntar l'Alícia, acostant-s'hi per observar-los millor.

Els tres Jardiners tenien un aspecte ben peculiar: el cos rectangular i pla, i els braços i les cames que sobresortien pels quatre angles. Semblaven ben bé tres cartes! Més concretament, eren un Cinc, un Set i un Dos de Piques.

Tots tres semblaven tenir molta PRESSA per acabar l'obra, però eren tan sapastres que ho tacaven tot de pintura menys les flors!

—Sisplau, vés amb compte, Cinc! No pares d'ESQUITXAR!

—No és culpa meva, Dos! És en Set, que m'ha donat un cop de COLZE, i això fa que m'equivoqui!

—Moltes gràcies, Cinc! Tu sempre donant la culpa als altres...

En Set va tirar el pinzell a terra, rebufant.

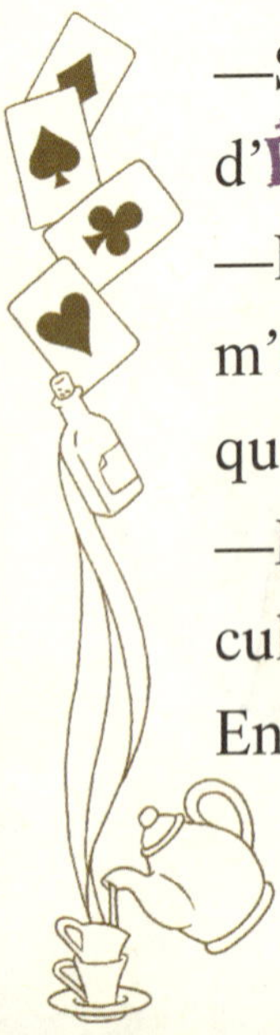

Just aleshores, tots tres es van adonar de la presència de l'Alícia i li van fer una gran reverència.

Animada per aquelles maneres tan amables, la nena va fer un pas endavant.

—Bon dia, senyors Jardiners. Em podríeu dir, sisplau, per què pinteu aquestes *roses* de vermell? Així blanques són igualment precioses...

En Cinc i en Set no van dir ni piu i es van tombar cap a en Dos.

—El fet, senyoreta —va xiuxiuejar en Dos, com si conspirés—, és que aquí hauríem d'haver plantat un roser de flors *vermelles*, però per error n'hi vam posar un de roses *blanques*. Si la Reina se n'adonés... Ens faria tallar el cap a tots tres!

L'Alícia es va sobresaltar, esgarrifada.

—Ja ho veu, senyoreta —va prosseguir en Dos, ensenyant els pots de **PINTURA** i els pinzells—, per això intentem pintar-les totes

abans que Sa Majestat s'adoni de l'error!

Just en aquell moment, en Cinc, que observava els marges del **JARDÍ**, va fer un gran salt.

—La Reina! La Reinaaa!!! —va cridar.

Els tres Jardiners es van estirar immediatament a terra, de **bocaterrosa**.

L'Alícia es va girar per mirar i va veure avançar la desfilada més estrafolària que podia imaginar-se.

Que li tallin el cap!

Primer van arribar deu Soldats: portaven BASTONS amb trèvols i desfilaven en bon ordre, de dos en dos. Darrere seu els seguien deu Cortesans, abillats amb DIAMANTS i col·locats també en fileres de dos. Just al darrere anaven els deu petits Prínceps de Cors, **alegres** i despreocupats, que s'esforçaven per mantenir la filera, però sovint s'entretenien fent divertides tombarelles. I després, els convidats: gairebé tots eren Reis i Reines. Davant d'ells, l'Alícia va reconèixer el Conill Blanc, que saludava tothom, amb un posat cerimoniós.

Seguia la comitiva la Sota de Cors, que portava la corona reial damunt d'un coixí **tou** de vellut carmesí.

A la cua de la **POMPOSA** processó van aparèixer finalment el Rei i la Reina de Cors.

L'Alícia es va quedar dreta, esperant que s'acostés la Reina.

Quan la **DESFILADA** va acabar de passar, els sobirans es van aturar just davant de la nena. Tothom es va quedar en silenci.

—Qui és, aquesta? —va preguntar la Reina a la Sota de Cors, mirant de no gaire bon **ULL** l'Alícia.

La Sota va respondre amb una reverència.

—Sempre fent reverències, aquestes Sotes. No saben fer res més! —va comentar empipada Sa Majestat—. No donaran mai una resposta **satisfactòria!**

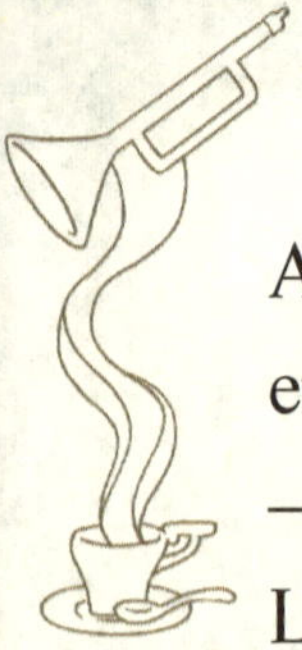

Aleshores es va dirigir directament a l'Alícia, en un to més *amable*:

—Com et dius, nena?

L'Alícia va fer una lleugera reverència (per anar sobre segur) i llavors va contestar, amb tota correcció:

—Em dic Alícia, Vostra **Majestat Imperial!**

La Reina va semblar que aprovava aquella resposta i va assentir satisfeta, mirant al seu voltant.

—I aquests qui són? —va preguntar **DISTRETAMENT** als tres Jardiners estirats a terra.

Com que estaven ajaguts de bocaterrosa, no es podia saber qui eren: pel que deduïa la Reina, podien ser **SOLDATS**, Cortesans, Jardiners o tres fills seus.

L'Alícia, que sentia simpatia per aquells pobres Jardiners, no es va deixar intimidar: ben mirat, la Reina només era una **CARTA!**

—I com ho puc saber, jo? —va replicar amb un punt d'insolència.

A la Reina li van pujar els COLORS fins a la punta de la corona.

—Que li tallin el cap! Que li tallin el cap!!! —va cridar gesticulant, per incitar els Soldats a executar l'ordre.

El Rei va mirar de calmar-la:

—Au, vinga, estimada —li va XIUXIUEJAR—. Només és una nena...

La Reina, encara més sulfurada, el va ignorar i es va acostar a les tres cartes a terra.

—Vosaltres, aixequeu-vos! —va ordenar.

Els pobrets Jardiners es van alçar immediatament, com punts d'una agulla, i van començar a fer reverències a tort i a dret.

—Pareu ara mateix, em feu RODAR el cap! —va cridar, molt enfadada, la Reina.

En apartar la mirada dels tres Jardiners, la Reina va veure el roser, que ara tenia les flors

meitat blanques i meitat VERMELLES i regalimaven pintura.

—Què fèieu, aquí? —va preguntar aleshores, en un to amenaçador.

En Dos va ajupir el cap, tot compungit.

—Oh, Majestat, nosaltres només tractàvem de...

—Sé perfectament què tractàveu de fer! —va bramar la Reina feta una fúria—. Soldats, que els TALLIN el cap!

Els tres Jardiners van córrer cap a l'Alícia buscant protecció i ella es va afanyar a protegir-los i amagar-los en una jardinera que hi havia a prop.

Saps jugar a croquet?

La Reina, de cop i volta, va tornar a mostrar-se de bon HUMOR i, oblidant-se dels Jardiners, va agafar l'Alícia del braç.

—Saps JUGAR a croquet? —li va preguntar.

—És clar! I a més m'encanta! —va dir l'Alícia, en un to molt alegre.

Així, va ser admesa a la comitiva i de seguida ja tenia el Conill Blanc al seu costat.

—On és la Duquessa? —li va preguntar l'Alícia, curiosa.

—Xxxt! —la va fer callar el Conill, mentre mirava darrere seu tot AMOÏNAT—. No con-

vé esmentar-la, sota cap concepte... La Reina ha ordenat que li tallin el cap!
L'Alícia no es va sorprendre gens ni mica: tallar caps semblava el passatemps preferit de la Reina.
Mentrestant, les cartes ja estaven situades de manera que el partit pogués COMENÇAR.
L'Alícia no havia vist mai un camp de croquet tan estrany! El terra estava pleníssim de sots i de relleus, les pilotes de croquet eren eriçons, i els malls, FLAMENCS.
Per fer els ponts, algunes cartes s'havien arquejat i es recolzaven a terra amb les mans i els peus.

L'Alícia es va fer un lloc al terreny de joc i va intentar agafar el seu flamenc, però es va adonar que no era gens fàcil! Quan li semblava que l'aguantava bé entre les mans,

es DOBLEGAVA i es cargolava tot, i això li feia venir moltes pessigolles. I no parlem de l'eriçó: quan la nena intentava COLPEJAR-LO, ell s'aixecava i fugia corrents, com si es divertís molt. En definitiva, allò era un autèntic desastre! A més, el desenvolupament del partit era força CONFÚS. Els participants jugaven tots alhora, sense esperar el seu torn, i no paraven de BARALLAR-SE i disputar-se els eriçons més rodons (que rodolaven més de pressa).

Per si no fos prou, la Reina s'enfadava cada vegada que algú (no pas ella) feia un PUNT, i es passava l'estona ordenant que li tallessin el cap ara a l'un ara a l'altre.

L'Alícia es va inquietar i va mirar al seu voltant buscant una ESCAPATÒRIA. Quan ja començava a desesperar-se, va percebre que davant seu apareixia una cosa que a poc a poc prenia forma. Semblava... un somriure!

—El Gat de Cheshire! —va exclamar la nena, contenta de tornar a veure un amic seu enmig d'aquell GUIRIGALL.

—Com va? —va preguntar el Gat, així que la boca li va aparèixer sencera.

L'Alícia va esperar que APAREGUESSIN també els ulls i aleshores va assentir i es va quedar en silenci.

«És inútil parlar-li fins que no aparegui almenys una orella», va pensar.

Només quan va VEURE el cap del Gat tot sencer, l'Alícia li va explicar la situació.

—T'agrada la Reina? —va preguntar el Gat de Cheshire.

—Gens ni mica! —va confessar l'Alícia, alçant massa la veu.

—Amb *qui* parles? —va intervenir precisament Sa Majestat, que havia ESCOLTAT la conversa.

L'Alícia es va afanyar a dir:

—Oh, és un amic meu: el Gat de Cheshire!

—No m'agrada la seva cara —va dir el Rei, acostant-s'hi—. Feu-lo fora!

—Que li tallin el cap! —va intervenir de seguida la Reina.

El Rei va fer venir dos Soldats, que, però, li van plantejar un problema molt ESPINÓS: com es podia tallar el cap del Gat, si no tenia cos?

—Decidiu alguna cosa de PRESSA —va afegir la Reina—, si no faré que us tallin el cap a tots.

Aquesta última observació, en especial, va crear malestar entre els presents.

No sabent com resoldre la qüestió, la Reina i els Soldats van intercanviar opinions durant una estona i finalment van decidir recórrer a l'Alícia: seria ella qui prengués la decisió!

—Bé, el Gat pertany a la Duquessa —va ob-

servar la **nena**—. Potser li hauríeu de demanar l'opinió a ella...

La Reina va sospesar aquell consell.

—D'acord —va acceptar finalment—. La Duquessa és a la presó: Soldats, porteu-me-la aquí ara mateix!

Els Soldats van sortir ESPERITATS. Així que van marxar, però, el cap del Gat va començar a DESAPARÈIXER.

Quan van tornar amb la Duquessa, no hi havia ni rastre del Gat de Cheshire.

La moral d'això és...

Apenes va veure l'Alícia, la Duquessa la va agafar de bracet, ALEGRE.

—Ah, que contenta estic de tornar-te a veure, bona amiga meva! —va exclamar, amb el somriure més efusiu.

L'Alícia se'n va alegrar: almenys ara estava de bon humor. Potser, quan l'havia coneguda a la cuina, estava irritada per culpa de tant pebre...

«Deu ser una qüestió científica», va pensar l'Alícia. «El PEBRE fa tornar irascibles les persones i el vinagre agre, les medecines amargues les fa amargants i el sucre les fa tor-

nar dolces. Ah, si els científics se n'adonessin! El pebre seria eliminat de les cuines de tot el món i ningú tindria motius per BARALLAR-SE...».

Enmig d'aquelles reflexions, l'Alícia s'havia oblidat de la Duquessa, fins al punt que, en tornar a sentir-li la veu, es va **sobresaltar**, esverada.

—Deus estar pensant en alguna cosa, estimada —va comentar la Duquessa—. Així t'oblides de parlar. I la moral d'això és... De moment no sé dir-te quina és, però ja veuràs com d'aquí a poc la trobaré.

—Potser no hi ha cap moral —va suggerir l'Alícia.

—No diguis *BESTIESES*, petitona! —la va renyar la Duquessa—. En tot hi ha una moral. Només cal trobar-la.

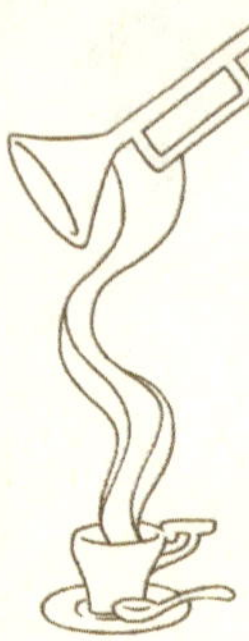

Mentrestant, el partit de croquet s'havia reprès: els jugadors al terreny de joc havien agafat tots els seus flamencs.

—Ara el joc va molt millor —va dir l'Alícia, perquè no decaigués la conversa.

—Sí! —va assentir la Duquessa—. I la moral és: «Ah, l'amor! L'amor és el que fa girar el món!».

L'Alícia va arrugar el front, perplexa. La Duquessa es va afanyar a buscar un nou motiu per a una altra moral, i va **EXCLAMAR**:

—El teu flamenc està una mica nerviós!

L'Alícia va arronsar les espatlles.

—A mi no m'ho sembla, però segur que val més que no el molestem: i si ens picoteja? Si ens picoteja, picarà...

—Picarà! —va exclamar exultant la Duquessa—. Com la mostassa! I la moral és: «Cadascú busca allò que se li assembla!».

Tot d'una, però, la Duquessa es va posar rígida, molt pàl·lida: la Reina es dirigia cap a ells, amb actitud AMENAÇADORA!

—Podem fer dues coses, doncs —va bramar la Reina, bufant i agitant-se davant de la Duquessa—. O desapareixes tu, o desapareix el teu cap!

En sentir aquelles paraules, la Duquessa es va esfumar a l'ACTE.

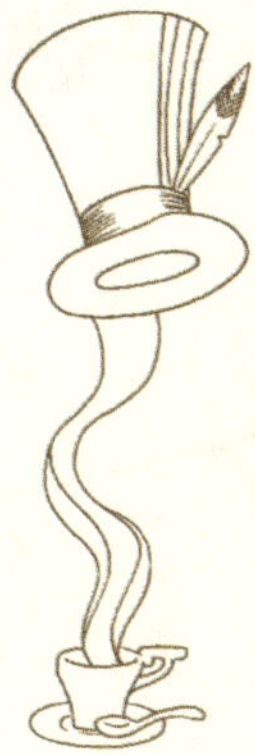

—Excel·lent —va comentar la Reina, fregant-se les mans—. Ara podem continuar el partit.

L'Alícia, atemorida, la va seguir sense dir res fins al camp de croquet.

El Grifó gandul

Els jugadors havien aprofitat l'absència de la Reina per fer una becaina. Quan la van veure arribar, però, van tornar a corre-cuita al terreny de joc, FREGANT-SE els ulls i donant cops a la babalà.

La Reina va reprendre el joc de croquet fent el que més sabia, és a dir, CRIDANT contínuament: «Que li tallin el cap a aquest!» i «Que li tallin el cap a aquell altre!», amb gran despreocupació. En conseqüència, a mig partit, tots els participants, a excepció del Rei, l'Alícia i la mateixa Reina, ja estaven sota CUSTÒDIA.

El Grifó gandul

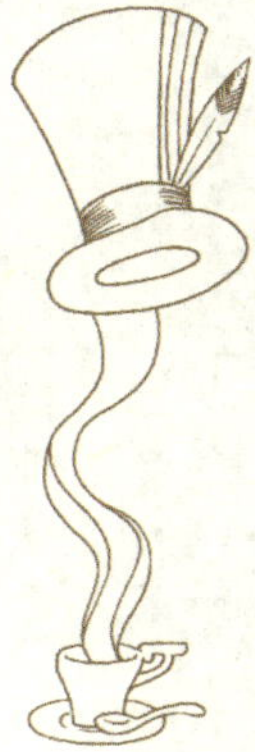

En aquelles circumstàncies, la Reina va **DECLARAR** el final del partit i es va acostar a l'Alícia.

—I què? —li va preguntar—. Ja has **VIST** la Falsa Tortuga?

L'Alícia no sabia de què li parlava.

—Doncs l'has de conèixer *immediatament*! —va replicar la Reina—. **Segueix-me!**

Mentre marxaven, l'Alícia va sentir que el Rei xiuxiuejava secretament als condemnats:

—Tots indultats! Tots indultats! Xxxt...

«Encara sort!», se'n va **ALEGRAR** la noia.

Després de caminar una estona, l'Alícia i la Reina es van trobar amb un gran **GRIFÓ**, profundament adormit a la vora d'una platja.

—Aixeca't, gandul! —el va despertar la Reina, estirant-li la cua.

L'Alícia no havia vist mai una criatura com aquella!

El Grifó tenia mig cos de lleó i l'altre mig (incloent-hi el cap) d'àguila, amb unes ales enormes i un gran BEC. La veritat és que li feia una mica de por!

El Grifó es va asseure amb un gran esforç i es va fregar els ulls, endormiscat.

—Tu sempre dormint! —li va RECRIMINAR la Reina—. Acompanya aquesta senyoreta a casa de la Falsa Tortuga. Jo tinc una vintena de condemnats que m'esperen!

L'Alícia va pensar que l'**aspecte** d'aquell Grifó no li agradava gaire, però que estaria més segura amb ell que no pas amb la Reina...

La tristíssima història de la Falsa Tortuga

Tan bon punt la Reina se'n va haver anat, el Grifó es va **ajeure** i va observar l'Alícia de prop.

—Vine aquí! —li va demanar, esbategant les ales.

—Bufa! —va REMUGAR l'Alícia fluixet—. «Vine aquí!», «Vés allà!»... No havia rebut mai tantes ordres en la meva vida!

Tots dos van fer un breu trajecte, fins que van veure la SILUETA d'una gran Tortuga amb el cap de vedell. S'estava asseguda, trista i sola, a la platja, i plorava tant que a l'Alícia se li va encongir el COR.

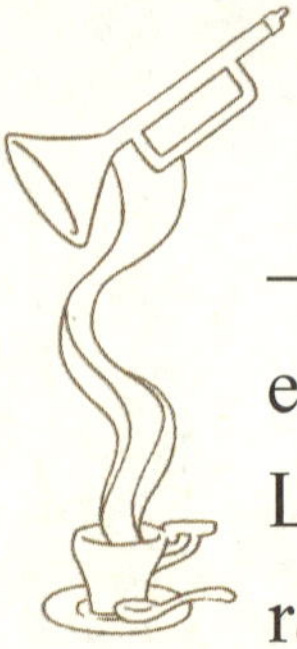

—Falsa Tortuga —li va demanar el Grifó—, explica la teva història a aquesta nena!

La Tortuga va aspirar amb el nas i va mirar l'Alícia amb els **ULLS** pleníssims de llàgrimes.

—Com vulgueu, snif! —va acceptar—. Però us heu de quedar asseguts *fins al final*!

L'Alícia i el Grifó van restar callats escoltant durant uns quants minuts els **snif snif** de la inconsolable Tortuga. Però aquesta no es decidia a parlar.

«No veig com ens hem de quedar asseguts *fins al final*», va pensar l'Alícia, «si ni tan sols ha començat a explicar la història...». Però a penes la nena va formular aquest **pensament**, la Falsa Tortuga es va posar a parlar:

—Temps enrere, snif —va dir finalment SOS-PIRANT—, jo era una Tortuga real.

Un llarguíssim silenci va seguir aquestes paraules tan solemnes: va ser tan llarg que l'Alícia va estar a punt d'aixecar-se, donar les gràcies per aquella història tan interessant i marxar.

—Quan érem petites, snif —va continuar, però, la Tortuga—, anàvem a l'escola al mar. El nostre mestre era una VELLA tortuga, snif... i nosaltres li dèiem Tortura...

—Per què li dèieu Tortura, si era una tortuga? —va intervenir l'Alícia, perplexa.

—Li dèiem Tortura perquè ens torturava —va explicar la Falsa Tortuga, una mica enfadada—. Doncs bé... —va continuar poc després, prement els ulls tan fort que els llagrimots van esquitxar-ho tot—, cada dia anàvem a l'escola al mar. Cada dia!

L'Alícia no se'n va poder estar i va comentar:

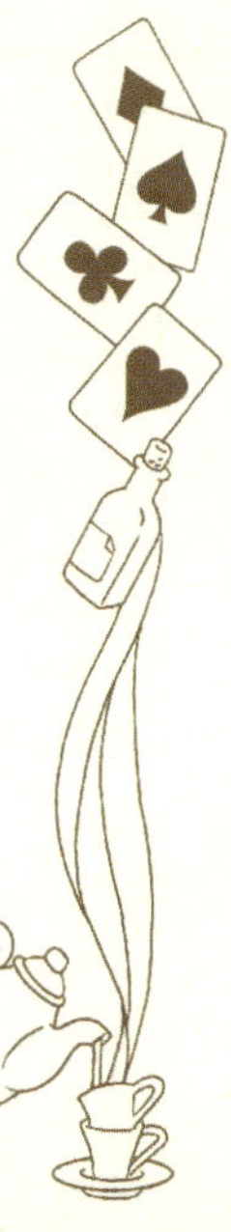

—Bé, jo també vaig a l'escola *cada dia*...

—També fas matèries optatives? —va preguntar la Tortuga, amb una certa preocupació.

—I tant! —va respondre l'Alícia—. Francès i música.

—I BUGADERIA? —va insistir la Tortuga.

L'Alícia va fer que no amb el cap.

—No, bugaderia no...

—Aleshores no és una BONA escola! —li va comentar la Tortuga, alleujada.

L'Alícia estava molt ENCURIOSIDA.

—Què més us ensenyaven a l'escola? —va preguntar, interessada.

—Bé, teníem Histèria, Antiga i Moderna —va enumerar la Tortuga, comptant les assignatures amb les potes—, amb cursos de MAROGRAFIA (per als interessats). I també Arrossegament. El professor d'Arrossegament era un llimac de mar enorme i...

—Però *com era*, aprendre aquestes coses?

—va preguntar l'Alícia, cada cop més interessada.

—No ho sé! —va lamentar-se la Tortuga—. Només vaig poder seguir els cursos BÀSICS.

—En canvi, jo no tenia temps d'estudiar! —s'hi va unir el Grifó, sospirant també.

Tots dos es van MIRAR amb complicitat i es van amagar la cara entre les mans, reprimint els SANGLOTS.

Finalment el Grifó va reaccionar.

—Ànims, Tortuga! Ara parla-li dels jocs...

La contradansa de les llagostes

La Falsa Tortuga va sospirar per enèsima vegada i es va eixugar els ulls amb el dors d'una pota.

—Si vols conèixer un JOC molt divertit que es fa al mar —va prosseguir després, dirigint-se a l'Alícia—, has d'aprendre la contradansa de les llagostes!

—És un ball molt famós, saps? —va confirmar el Grifó, enfervorint-se.

La Tortuga i el Grifó van començar a descriure la dansa, parlant primer l'una i després l'altre, amb un gran ENTUSIASME.

Així, ben aviat l'Alícia es va trobar girant de

dreta a esquerra i d'esquerra a dreta sense **PARAR**, com si estigués seguint un partit de tenis.

—Per començar, els *ballarins* han de formar una filera seguint la ratlla de la costa... —va recordar el Grifó.

—*Dues* fileres —el va corregir la Tortuga—. Amb taurons, pops, cavallets de mar i altres peixos. Després cal fer fora totes les **meduses**...

—Això deu ocupar molt de temps! —va puntualitzar el Grifó.

—...I fer dos passos **ENDAVANT**...

—Cadascú fent parella amb una llagosta!

—Aleshores l'un s'ha de posar davant de l'altre...

—Es canvien les llagostes i es fan dos passos enrere! Però amb **ordre**, eh?

—Sí, sí, i després es llancen enlaire totes...

—...les llagostes!

—Cap al mar, tan lluny com sigui possible...

—I has de nedar per atrapar-les!

—I fer una TOMBARELLA dins l'aigua! —va cridar la Tortuga, fent saltirons frenèticament.

—Síííí! —va assentir el Grifó, picant de mans MOLT EXCITAT—. I després cal canviar novament de llagosta!

—I tornar a la vora i... i...

La Falsa Tortuga es va interrompre, abaixant el to de cop i volta.

—Aquesta és la primera figura —va concloure, abatuda.

Les dues criatures, que havien continuat SALTIRONANT per allà mentre explicaven la història, van tornar a seure ben quietes i van MIRAR l'Alícia, sobtadament tristes.

—Sembla una dansa força bonica —va comentar la nena amb timidesa.

La mirada plorosa de la Falsa Tortuga es va tornar a il·luminar.

—T'agradaria veure'n una petita part?

—Oh, m'encantaria! —va somriure l'Alícia.

El cert és que trobava aquella bonica dansa molt especial.

—Provem de fer la primera figura! —va EXCLAMAR entusiasmada la Tortuga, convidant el Grifó a unir-s'hi—. No tenim llagostes, però en realitat tampoc són imprescindibles...

L'Alícia va parpellejar, astorada: cap llagosta a la contradansa de les llagostes?!

Però abans que pogués replicar, la Falsa Tortuga i el Grifó es van posar a ballar MALDESTRAMENT al seu voltant, trepitjant-li els peus quan s'hi acostaven i marcant el ritme amb les potes del davant.

«Mare meva, si continuen així aviat tindré els

peus DESFETS!», va pensar la nena. A més, els passos que feien semblaven no tenir solta ni volta.

Mentre ballava, la Tortuga va cantar una bonica cançó d'acompanyament. L'Alícia va intentar copsar-ne el sentit, però només va ser capaç d'entendre que parlava d'un lluç.

«Una contradansa de llagostes sense llagostes amb una CANÇÓ sobre un lluç...», va recapitular dintre seu. «No entenc res... Em dec haver perdut alguna cosa...».

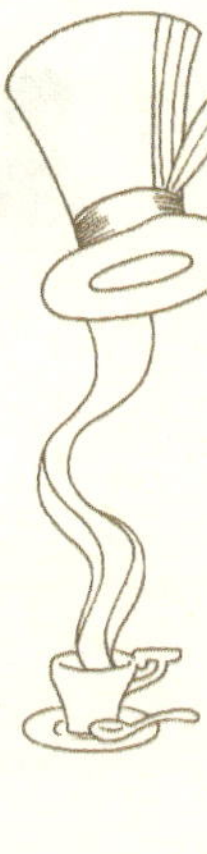

Lluços i sabates de mar

Al final de la dansa, l'Alícia va picar de mans educadament, com tocava. Per seguretat, i mirant de no fer-se notar, va donar un cop d'ull als seus peus: per sort encara estaven sencers. Fiuuu!

—Gràcies —va dir després—. És una dansa molt... Ehem..., BONICA. I m'ha encantat la cançó sobre el lluç que heu cantat! Tant de bo n'hagués entès alguna cosa...

—Ah, pel que fa als lluços —va respondre la Falsa Tortuga, esbufegant encara una *mica* per recuperar l'alè—, bé que en deus haver vist, oi?

L'Alícia va assentir, pensativa.

—Crec que sí. Tenen la cua a la boca i estan coberts de PA RATLLAT...

La Tortuga va remenar el cap, indignada.

—Pa ratllat?! No, no, no, nena, el pa ratllat DESAPAREIXERIA aviat, al mar! Però pel que fa a la cua a la boca, tens raó. I saps per què la tenen així? La raó és molt simple... Uaixxx...

Al bell mig de la frase, la Falsa Tortuga es va adormir de cop, esgotada amb tota aquella GIMNÀSTICA dansarina.

El Grifó va intervenir per completar l'explicació, abaixant la veu per no despertar la seva amiga:

—La raó és que els lluços van insistir un dia per anar a ballar amb les LLAGOSTES, i per això van ser llançats al mar i van anar a parar molt lluny. I per això es van agafar ben fort la cua a la boca, per no perdre's durant el trajecte (les cues dels lluços, ja se sap, sempre són una mica rebels). Però es van agafar tan fort que al final els lluços ja no es van poder treure més la cua de la boca.

L'Alícia escoltava **molt atenta**: mai en la seva vida havia après tantes coses sobre els lluços!

—I això no és tot! —va prosseguir el Grifó, entretancant els ulls amb aire de qui la sap llarga—. Saps per què els lluços són tan llustrosos? Saps amb què s'enllustren, les teves sabates?

L'Alícia cada cop se sentia més confosa: a quina pregunta havia de respondre? I què hi tenien a veure ara, les sabates?

La nena va abaixar el cap i es va mirar bé les sabates.

—Crec que s'enllustren amb betum... —va dir.

—EXACTE! —va assentir el Grifó—. Al fons del mar, en canvi, les sabates i les botes s'enllustren amb LLUÇ.

—Amb què es fan les sabates al fons del mar? —va preguntar.

—Amb espart de sard i llengües de llenguado, naturalment —va contestar el Grifó, fent espetegar el BEC amb impaciència—. Ho saben fins i tot els més sabatots!

Al final, tip de tant parlar, va arrufar molt les celles.

—Ara et toca a tu! Explica'ns una de les teves aventures...

—Sí, sí! —s'hi va afegir la Tortuga, que s'acabava de despertar i badallava.

—Bé, us explicaré l'aventura que m'ha passat *avui* —va comentar l'Alícia, encongint-se d'espatlles amb **modèstia**—. És inútil que em refereixi a ahir: jo aleshores era una nena molt diferent...

Així, l'Alícia va començar a parlar d'aquell **DIA** tan excepcional a la seva vida, a partir del moment que va veure el Conill Blanc. Al principi estava una mica nerviosa: el Grifó i la Tortuga l'observaven amb una **EXPRES-SIÓ** *molt* seriosa! Després, però, va anar agafant confiança i va descriure tot el que li havia passat fil per randa. Quan va parlar de l'Eruga, la Tortuga es va **SOBRESALTAR**.

—Una Eruga damunt d'un bolet! Que curiós...

—Ah, pel que fa a mi, tot em sembla tan **curiós** que no ho podria ser més —va sentenciar el Grifó amb un posat greu.

Just aleshores, van començar a sentir una **MÀ** de crits i xiscles que arribaven de ben a prop.

—El procés! El procés!

—Renoi, el **PROCÉS!!!**

Abans fins i tot que l'Alícia pogués demanar explicacions, el Grifó la va **ESTIRAR** d'un braç i va començar a córrer cap a on se sentien els crits.

—Però, quin procés? —va preguntar l'Alícia, esbufegant.

El Grifó, però, no va contestar i es va limitar a córrer i **CÓRRER**, cada cop més de pressa...

Qui ha robat els pastissets?

Quan l'Alícia i el Grifó van arribar al mig d'aquell batibull, es van veure catapultats en una mena de sala de tribunal.

L'Alícia va mirar al seu voltant i va veure que el Rei i la Reina, asseguts als seus TRONS, presidien la sala. Al voltant dels sobirans s'amuntegava una multitud d'ocellets i criatures de tota mena, juntament amb un joc de cartes de Cors complet. Davant del Rei i de la Reina hi havia la Sota de Cors, encadenada i flanquejada per dos Soldats de la guàrdia.

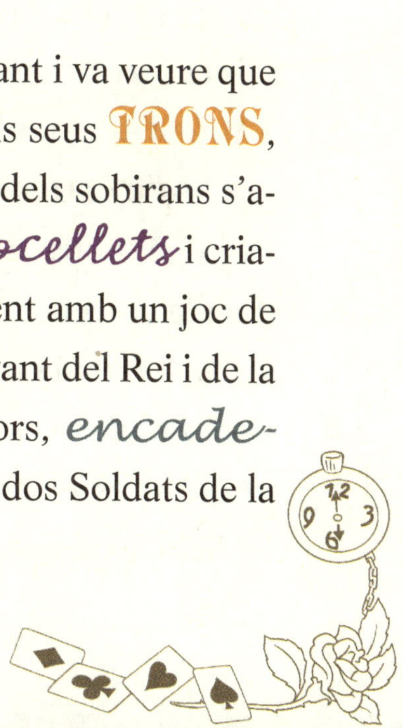

Assegut en un gronxador al costat del Rei, el Conill Blanc, amb una trompeta en una mà i un rotlle de pergamí a l'altra, supervisava la sala en qualitat de canceller.

Al centre de la sala hi havia una taula, i al damunt, un gran plat ple de pastissets (eren tan apetitosos que a l'Alícia li van fer venir salivera!).

L'Alícia no havia estat mai en una sala de tribunal, però n'havia llegit moltes descripcions als llibres i recordava bé els noms de cada cosa.

«Aquell és el jutge», va pensar. «Es pot saber per la perruca».

El jutge, entre d'altres, era el Rei. Com que duia la corona damunt l'enorme perruca arrissada, tenia més aviat l'aspecte d'un bolet i no semblava estar gens còmode.

«Aquest és el banc del jurat», va continuar l'Alícia, examinant les FIGURES que

l'envoltaven. «Aquells dotze animalons amb les **PISSARRES** a la mà (però si també hi és en Bill el Llangardaix!) deuen ser els jurídics. Vaja, els juristes. Vaja, els membres del *jurat*».

L'Alícia va repetir un cop i un altre dintre seu la paraula *jurat*: estava molt orgullosa de la seva **cultura!**

Els dotze juristes estaven atrafegats gargotejant les pissarres amb un guix.

—Què *escriuen?* —va murmurar l'Alícia al Grifó—. No poden prendre notes, si el procés encara no ha començat!

—Doncs hi escriuen els seus noms —va respondre el Grifó amb veu encara més BAIXA—. Tenen por de no recordar-se'n quan s'acabi el procés...

K
5
4

—Oh, quina BESTIESA! —va replicar l'Alícia, divertida. Al cap d'un moment va veure que els membres del jurat apuntaven «quina bestiesa» a les pissarres—. Anem bé... —va comentar la nena.

—Xxxxxt! Silenci a la sala! —va exclamar el Conill Blanc amb una **MIRADA** feréstega. L'Alícia es va adonar que el guix d'en Bill el Llangardaix xerricava. I si hi havia un soroll que no suportava era el xerric dels guixos!

Així, d'*amagat*, es va esmunyir per darrere del pobre Bill i amb un hàbil gest li va agafar el guix. Va ser tan **RÀPIDA** que el Llangardaix no es va adonar de res i va continuar escrivint tranquil·lament amb el dit, però sense deixar cap **TRAÇA**.

En aquell moment el Rei es va aixecar, fent tremolar la perruca com un **flam**.

—Canceller! Llegeixi l'acusació! —va ordenar al Conill Blanc.

El Conill va fer tres tocs forts de trompeta: PEREPÉ PPEREPÉ PPPEREPÉÉÉÉÉÉ! Aleshores va desenrotllar el pergamí que duia a la mà, va tossir i va llegir:

—Aquest matí Sa Majestat Reialíssima i Imperialíssima Sobirana Reina de Cors ha preparat una safata de gustosos i IMPERIALS pastissets.

Aquí es va interrompre i amb un delicat gest va indicar el plat a la taula, i llavors va continuar:

—Aquesta tarda la Sota de Cors ha robat els pastissets esmentats, una greu injúria a Sa Majestat...

—Prou! —el va aturar el Rei, impacient per passar als fets. Es va adreçar al jurat i va exclamar:— I bé, senyors del jurat, escriviu el veredicte!

—Encara no! Encara no!

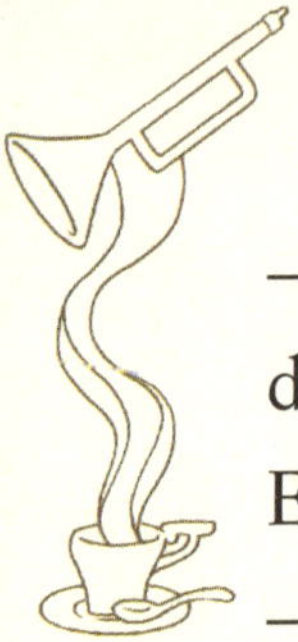

—va intervenir el Conill—. Primer s'han de cridar els testimonis!

El Rei va esmenar-se ràpidament, torbat:

—És clar, els **TESTIMONIS!** Què havia dit jo?! Crideu de seguida perquè testimonïi... Ehem, el primer testimoni, sigui quin sigui!

Visiblement **SATISFET**, el Conill va fer tres tocs més de trompeta i va anunciar:

—Primer testimoni a la sala!

Ordre! Ordre!

El primer testimoni era ni MÉS ni menys que... el Barreter Boig! El Barreter es va presentar davant del Rei i de la Reina amb una TASSA de te en una mà i una llesca de pa amb mantega a l'altra. La Llebre de Març i el Liró, de BRACET, el seguien no gaire lluny.

—Disculpeu que vingui amb el berenar, Majestat —va dir el Barreter—, però encara no havia acabat de prendre el te quan m'heu cridat!

—L'hora de **berenar** fa una bona estona que ha passat —el va renyar el Rei—. Quan l'has començat a prendre?

El Barreter va mirar la Llebre de Març, per demanar consell.

—El catorze de març, em penso...

—El quinze —el va corregir la Llebre.

—El setze —s'hi va afegir el Liró.

El Rei va sospesar aquelles respostes i va convidar el jurat a prendre'n NOTA.

—És un detall important, senyors! *Importantíssim!*

Els membres del jurat van transcriure diligentment les tres dates. El Rei va tornar a examinar el Barreter, amb desconfiança.

—Treu-te el *teu* barret! —li va ordenar.

—Oh, no és *meu* —va precisar el Barreter.

—Aleshores l'has robat! —va sentenciar el Rei, llançant una MIRADA de complicitat al jurat.

El Barreter es va defensar.

—Oh, no, Majestat! Jo els *venc*, els barrets. Sóc Barreter!

La Reina, que fins aleshores no havia **MOSTRAT** interès pel Barreter, va començar a mirar-se'l amb insistència. El Barreter es va posar PÀL·LID i es va gratar nerviosament, com si tingués coïssor en alguna banda.

Alhora, l'Alícia, que assistia a la declaració asseguda al costat del Liró, va començar a **EXPERIMENTAR** una sensació curiosa... «Noto com si cada cop pesés més!», va pensar. «Però no he menjat res...».

A poc a poc es va adonar que tornava a créixer. I a gran velocitat!

—Ei, no m'aixafis tant! —es va queixar el Liró—. Em fas mal!

—Em sap greu, però no hi puc fer res! —es va disculpar l'Alícia, desolada.

—Un moment! —va cridar la Reina—. Porteu-me la llista dels cantants de l'últim concert!

El Barreter va sentir que els genolls li feien figa: dels nervis va clavar una gran mossegada a la tassa en comptes de la llesca de pa amb MANTEGA.

Aleshores, aterrit, es va prostrar als peus del Rei.

—Oh, Majestat! Només sóc un pobre Barreter que pren el te... La Llebre de Març us ho confirmarà!

La Llebre de Març va negar amb el cap.

—Ho NEGO!

—Ho nega! —va repetir el Rei—. Jurat, salteu-vos aquesta part.

Dit això, un conillet d'Índies que era del jurat (i que ja no podia més de prendre apunts) va aplaudir *content*. Dos guàrdies, però, van frenar el seu entusiasme i el van introduir en un sac de **ROBA**, el van tancar amb un cordill i s'hi van asseure al damunt.

El Rei, distret amb la interrupció, va acomia-

dar el Barreter, que va TOCAR EL DOS a corre-cuita i es va perdre de vista.

El testimoni següent era la Cuinera de la Duquessa, que va entrar a la sala amb un gran MOLINET DE MOLDRE PEBRE a la mà. Només amb els primers passos, tots els presents van començar a esternudar sorollosament.

ATXIM! ATXIM! A-ATXIM! ATXIM!

El Rei va començar a interrogar-la, i arrugava tant el front que gairebé no se li veien els ulls (estava convençut que així els **interrogats** se sentirien molt més intimidats).

Quan va considerar que l'expressió de la cara ja era prou severa, va començar:

—Primer de tot, amb què es fan els pastissos?

—Amb pebre! —va respondre la Cuinera.

—Amb melassa! —la va corregir una veueta mig adormida darrere seu.

Tothom es va tombar cap a la veueta: era la del Liró!

La Reina, que encara estava llegint la llista dels cantants, va fer un bot sobresaltada.

—Detingueu aquest Liró! —va bramar—. Expulseu-lo de la sala! Pessigueu-lo! Que li arrenquin els bigotis! Que li tallin el cap!

A la sala del tribunal regnava la confusió: tothom intentava capturar el Liró, que botava i saltironava per totes bandes.

—Ordre! Ordre! —va cridar el Conill Blanc, fent servir la trompeta com si fos un altaveu i intentant sense èxit fer tornar tothom al seu lloc.

Al final, amb PENES I TREBALLS, el Liró va ser expulsat de la sala i la calma va tornar al tribunal.

Finalment quan tothom es va haver refet, es van adonar que la Cuinera de la Duquessa havia **DESAPAREGUT**.

—Tant és —va dir el Rei, fregant-se el front (tot aquell interrogatori amb les celles ARRUFADES no li feia cap bé)—. Crideu l'últim testimoni!

El Conill Blanc, confós per culpa de l'enrenou de feia un moment, va tornar a consultar la llista dels testimonis, fins a arribar a l'última ratlla. Aleshores, donant-se importància, va anunciar:

—La cort crida a declarar... l'Alícia!!!

La declaració de l'Alícia

Quan va sentir el seu nom pronunciat amb tanta **solemnitat**, l'Alícia es va sobresaltar, oblidant completament que ara era una **geganta**.

—Aquí! —va cridar.

Aleshores es va alçar i amb la vora de la faldilla va tirar a terra el banc del jurat, fent caure els membres del jurat els uns damunt dels altres fent **VOLEIAR** pissarres i guixos.

—Oh, us demano que em disculpeu! —va exclamar consternada, intentant recollir els membres del jurat i tornant-los a col·locar un per un al seu lloc.

El Rei i la Reina, que havien assistit a l'incident amb els ULLS ESBATANATS, van reaccionar.

—El procés no podrà continuar —va declarar el Rei amb aire greu—, fins que tots els membres del jurat no hagin tornat als seus llocs!

L'Alícia es va AFANYAR encara més i va col·locar tothom on era abans. O, si més no, així l'hi va semblar...

—Quan dic tots vull dir... *tots*! —va puntualitzar el Rei amb ÈMFASI, examinant els membres del jurat.

L'Alícia va mirar la tribuna i va fer un bot: amb les presses havia posat en Bill de cap per avall i ara el pobret remenava la cua, incapaç de moure's. L'Alícia el va posar bé i va tornar a cada membre del jurat una pissarra i un GUIX.

Un cop recuperats de l'ensurt, es van posar a treballar per redactar un breu resum de l'incident. Alguns van dibuixar FLORETES, d'altres rúbriques, i algun fins i tot va comptar els guixos que havien quedat al terra de la sala i va apuntar amb PRECISIÓ el resultat *zero*. Tothom escrivia excepte en Bill, que semblava encara massa TRASBALSAT i s'asseia amb la boca oberta i la llengua enfora.

En aquell moment, el Rei va donar inici a l'INTERROGATORI de l'Alícia. Respecte als interrogatoris anteriors, la situació havia canviat molt, perquè aquesta vegada el testimoni era, amb molta diferència, més GRAN que qualsevol altra criatura present a la sala.

—Bé, doncs —va començar el Rei, dreçant-se bé per semblar una mica més ALT—, què en saps, d'aquest assumpte?

—Res —va contestar l'Alícia, arronsant les espatlles.

—Res de RES? —va insistir el Rei.

—Res de res —va confirmar la nena.

—Això és del tot rellevant! —va declarar el Rei, acostant-se amb compte al banc del jurat.

—Deveu voler dir *irrellevant*, Majestat! —va intervenir el Conill Blanc, GESTICULANT cap al Rei, que no n'encertava una.

El Rei va fer que sí ben fort, fent bellugar tots els RÍNXOLS de la perruca.

—I tant, i tant! Irrellevant! Què havia dit jo?!

A continuació es va posar a repetir «Rellevant, irrellevant, rellevant, irrellevant», cantussejant entre dents, per determinar quina paraula sonava millor.

Algú del jurat va escriure «RELLEVANT» a la seva PISSARRA, d'altres *irrelle-*

vant, i fins i tot n'hi va haver que van escriure les dues paraules, en ordre diferent. El Rei es va quedar uns minuts en *silenci*, distret. Aleshores va obrir el quadern reial i hi va apuntar alguna cosa, *movent* el cap satisfet cada vegada que acabava la ratlla i passava a la següent. Un cop va haver acabat d'escriure, va aixecar els braços amb un gest **SOLEMNE** perquè es fes el màxim silenci.

—Escolteu bé tots! —va ordenar.

La sala es va aguantar la **RESPIRACIÓ**.

L'article quaranta-dos

El Rei es va ESCURAR el coll i va llegir el quadern:

—Article quaranta-dos. Les persones que facin més d'un quilòmetre i mig d'alçada han d'abandonar la sala!

Tots els ULLS es van dirigir cap a l'Alícia.

—Jo no faig un quilòmetre i mig! —va protestar la nena.

El Rei la va observar de dalt a baix, intentant determinar-ne la mida.

—I tant que sí! Així a ull sí!

—Jo diria que fa gairebé dos quilòmetres —el va corregir de seguida la REINA.

—Dc tota manera, jo no me'n penso anar! —va insistir l'Alícia—. I a més, aquest **article** no és vàlid: us l'acabeu d'inventar!

El Rei va negar amb el cap, amb aires de suficiència.

—Tu no ho pots saber, i a més aquest article és el més antic que hi ha al QUADERN reial!

—Si és el més antic, hauria de ser l'article u, no pas el quaranta-dos! —va objectar l'Alícia.

El Rei es va quedar blanc i es va afanyar a tancar el quadern, per por que algú hi donés un COP D'ULL (en realitat no sabia del cert què hi havia escrit). Després es va acostar al jurat i va murmurar, dubitatiu:

—Ehem... Escriviu el veredicte...

—Però Majestat! —va intervenir el Conill Blanc, exasperat—. Falten alguns testimonis importants! A més... Algú ens acaba de PORTAR aquest missatge!

El Conill va mostrar un paperet doblegat.

—Sembla un missatge escrit pel PRE-SONER *a algú*!

—Sí, deu ser això —va coincidir el Rei—. Tret que sigui una carta escrita per *a ningú*, cosa que seria força insòlita...

El Conill Blanc va llegir el missatge.

—No és cap carta —va precisar—. Són una colla de versos.

—Estan escrits amb la *lletra* del presoner? —va preguntar un membre del jurat.

El Conill va agusar la vista i va analitzar atentament els versos.

—No —va respondre de seguida—. I *això* és el més **estrany**.

Tots els membres del jurat es van quedar desconcertats per la notícia i no van saber-hi trobar una explicació.

—El presoner deu haver imitat la lletra d'algú —va suggerir el Rei.

Els membres del jurat es van TORNAR a animar.

Aleshores la Sota de Cors, que encara no havia pogut dir res en descàrrec seu, va fer un pas endavant.

—Majestat —va començar, tot **compungit**—, us asseguro que jo no he escrit aquest missatge! Ho prova el fet que no l'he firmat.

—Si no l'has firmat —va replicar el Rei— encara és pitjor, perquè això demostra la teva **mala fe!** Si haguessis tingut bones intencions, hauries firmat amb el teu nom, com qualsevol persona **HONRADA!**

Aquestes paraules van provocar l'entusiasme general: era la primera cosa realment intelligent que el Rei havia dit aquell dia.

—Però, què diu el missatge? —va preguntar un dels membres del jurat.

El Conill va doblegar el paper i es va gratar una orella.

—No s'entén —va declarar.

—*Molt bé!* —va sentenciar el Rei—.

L'article quaranta-dos

Aquesta és la prova més important que hem recollit fins ara! El jurat ja pot escriure el **veredicte!**

—No, no, no, no, no! —va intervenir la Reina—. Primer la condemna, després el veredicte.

—Bona, aquesta! —va exclamar l'Alícia, aixecant els ulls al cel.

La Reina es va enfurismar.

—Com t'atreveixes?! Quina impertinència! Que li tallin el cap!

Tota la baralla de cartes es va llançar damunt de la nena, **PICANT-LA** i pessigant-la.

—Ai! Deixeu-me estar! —va cridar l'Alícia, intentant apartar les cartes—. **Auxili!** Auxili!

Alícia! Alícia, desperta't!

Mentre GESTICULAVA agitada per defensar-se de les cartes, l'Alícia va sentir una veu que la cridava de LLUNY.

—Alícia! Alícia! Alícia!

La cridava a ella? Potser només s'ho imaginava...

—Alícia! Desperta't!

L'Alícia va obrir els ulls. Que estrany: ara estava ajaguda sobre una cosa suau... Les cartes semblaven haver desaparegut, al seu voltant hi havia una gran calma i...

—Has dormit molt! —va continuar la veu.

L'Alícia es va moure i va veure que descansava a la falda de la seva germana.

—Oh! —va exclamar la nena, encara una mica endormiscada—. He tingut un somni **molt estrany!**

De seguida li va explicar les **AVENTURES** extraordinàries que acabava de viure, intentant recordar-ne els detalls.

La seva germana se la va escoltar amb interès.

—Ha, ha, ha, quina **imaginació!** —va comentar—. Ara torna a casa! És l'hora del te...

L'Alícia va obeir i se'n va anar. La seva germana, en canvi, es va quedar encara una estona més contemplant la posta de **sol**, enllà del jardí. De cop i volta, qui sap com, li va semblar com si totes les criatures somiades per l'Alícia prenguessin vida davant seu, en aquell màgic **capvespre** d'estiu.

Va sentir com l'HERBA cruixia als seus peus en passar el Conill Blanc i els passets del Dodo a la riba. Va sentir el soroll de les tassetes de te del Barreter Boig i la RESPIRACIÓ feixuga del Liró, els crits de la Reina de Cors, els ESTERNUTS de la Duquessa, els sanglots de la Falsa Tortuga...

I es va imaginar la petita Alícia de gran, que continuava somiant mons de meravelles per explicar-los a molts altres nens, tan curiosos i plens d'imaginació com ella...

Lewis Carroll

Lewis Carroll, que en realitat es deia Charles Lutwidge Dodgson, va ser un gran escriptor, matemàtic i lògic anglès.

Va néixer a Daresbury, a la Gran Bretanya, l'any 1832. De caràcter tímid i retret, va destacar molt aviat pel seu talent per a les matemàtiques. La seva passió pels números era equiparable a la que sentia per les paraules: ja d'estudiant va escriure poesies i relats còmics. Tot i que patia una forma de tartamudesa,

Carroll era un narrador excepcional, i sabia la manera d'entretenir infants i adults amb endevinalles i jocs de paraules.

Com a professor de matemàtiques a la Universitat d'Oxford, la mateixa on havia estudiat, va fer amistat amb el seu rector, Henry Liddell. Durant una excursió en barca, Carroll va explicar a l'Alícia, una de les filles del rector, la història d'una nena molt curiosa que vivia estranyes aventures. A la nena, aquella història li va agradar tant que li va demanar que l'escrivís, per no oblidar-se'n. Va ser així que va néixer la gran obra mestra *Alícia al País de les Meravelles*, seguida de la igualment famosa *A través del mirall*. Les aventures de l'Alícia van tenir un gran èxit i encara avui fascinen els lectors de totes les edats.

Lewis Carroll va morir el 1898, als seixanta-sis anys, a Guildford, a la Gran Bretanya.

Índex

NO TE'L POTS PERDRE!

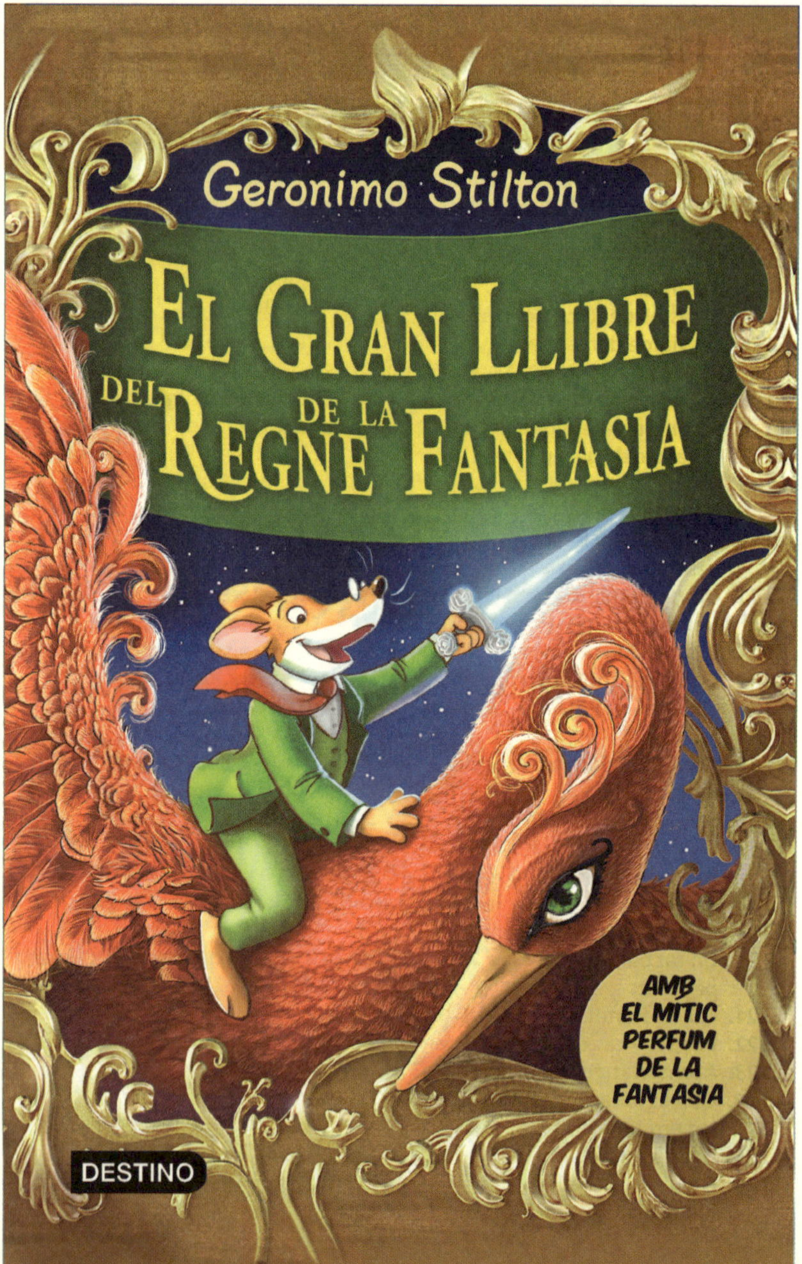

NO ET PERDIS ELS LLIBRES DE GERONIMO STILTON!

LLIBRES GROCS

❑ 1. El meu nom és Stilton, Geronimo Stilton
❑ 2. A la recerca de la meravella perduda
❑ 3. El misteriós manuscrit de Nostraratus
❑ 4. El castell de Roca Agarrada
❑ 5. Un viatge demencial a Ratkistan
❑ 6. La cursa més boja del món
❑ 7. El somriure de Mona Ratisa
❑ 8. El galió dels gats pirates
❑ 9. Fora les potes, cara de formatge!
❑ 10. El misteri del tresor desaparegut
❑ 11. Quatre ratolins a la Selva Negra
❑ 12. El fantasma del metro
❑ 13. L'amor és com el formatge
❑ 14. El castell de Potaxixa Mixa-Mixa
❑ 15. Atenció als bigotis... Arriba Ratinyol!
❑ 16. Seguint la pista del ieti
❑ 17. El misteri de la piràmide de formatge
❑ 18. El secret de la família Tenebrax
❑ 19. No volies vacances, Stilton?
❑ 20. Un rat educat no es tira petarrots
❑ 21. Qui ha raptat Esllanguida?
❑ 22. L'estrany cas de la Rata Pudent
❑ 23. Atontorrat qui arribi l'últim!
❑ 24. Quines vacances més superràtiques!
❑ 25. Halloween... quina por!
❑ 26. Quin cangueli al Kilimanjaro!
❑ 27. Quatre ratolins al salvatge oest
❑ 28. Els millors jocs per a les vacances
❑ 29. L'estrany cas de la nit de Halloween
❑ 30. És Nadal, Stilton
❑ 31. L'estrany cas del calamar gegant
❑ 32. Per mil formatges de bola, he guanyat la Lotorato
❑ 33. El misteri de l'ull de maragda
❑ 34. El llibre dels jocs de viatge
❑ 35. Una extraràtica jornada... de campió
❑ 36. El misteriós lladre de formatges
❑ 37. No volies karate, Stilton?
❑ 38. Un granissat de mosques per al comte
❑ 39. L'estrany cas del volcà pudent
❑ 40. Salvem la balena blanca!
❑ 41. La mòmia sense nom
❑ 42. L'illa del tresor fantasma
❑ 43. L'agent secret Zero Zero K
❑ 44. La Vall dels Esquelets Gegants
❑ 45. La marató més boja del món
❑ 46. Acampada a les Cascades del Niàgara
❑ 47. L'estrany cas dels Jocs Olímpics
❑ 48. El temple del Robí de Foc
❑ 49. L'estrany cas del tiramisú
❑ 50. El secret del llac desaparegut
❑ 51. El misteri dels elfs
❑ 52. No sóc un súper-rat
❑ 53. El robatori del diamant gegant
❑ 54. Cap a l'escola del formatge
❑ 55. L'estrany cas del ratolí desafinat
❑ 56. El tresor dels Turons Negres

GRANS LLIBRES

- ❑ La gran invasió de Ratalona
- ❑ El secret del coratge
- ❑ Viatge en el temps
- ❑ Viatge en el temps 2
- ❑ Viatge en el temps 3
- ❑ Viatge en el temps 4
- ❑ Viatge en el temps 5

GRANS LLIBRES PERFUMATS

- ❑ Al Regne de la Fantasia
- ❑ Retorn al Regne de la Fantasia
- ❑ Tercer viatge al Regne de la Fantasia
- ❑ Quart viatge al Regne de la Fantasia
- ❑ Cinquè viatge al Regne de la Fantasia
- ❑ Sisè viatge al Regne de la Fantasia
- ❑ Setè viatge al Regne de la Fantasia
- ❑ Vuitè viatge al Regne de la Fantasia
- ❑ El Gran Llibre del Regne de la Fantasia

CLÀSSICS STILTON

- ❑ L'illa del tresor
- ❑ La volta al món en 80 dies
- ❑ Les aventures d'Ulisses
- ❑ Donetes
- ❑ El llibre de la selva
- ❑ Robin Hood
- ❑ La crida del bosc
- ❑ Els tres mosqueters
- ❑ Les aventures de Tom Sawyer
- ❑ Els contes més bonics del germans Grimm
- ❑ Peter Pan
- ❑ Les aventures del rei Artús
- ❑ Els viatges de Gulliver
- ❑ El misteri de Frankenstein

CÒMICS STILTON

- ❑ 1. El descobriment d'Amèrica
- ❑ 2. Estafa al Colosseu
- ❑ 3. El secret de l'Esfinx
- ❑ 4. La gran era glacial
- ❑ 5. Rere la pista de Marco Polo
- ❑ 6. Qui ha robat la Gioconda?
- ❑ 7. Dinosaures en acció
- ❑ 8. L'estrany cas de la màquina de llibres
- ❑ 9. Torna-la a tocar, Mozart!
- ❑ 10. Has salvat els Jocs Olímpics, Stilton!
- ❑ 11. El misteri de la torre Eiffel
- ❑ 12. El primer samurai
- ❑ 13. El tren més ràpid de l'oest
- ❑ 14. El primer ratolí a la lluna
- ❑ 15. Un per tots, tots per Stilton
- ❑ 16. Clac! Gravem, Geronimo Stilton

TENEBROSA TENEBRAX

- ❑ 1. Tretze fantasmes per a Tenebrosa
- ❑ 2. Misteri a Castellcalavera
- ❑ 3. El tresor del pirata fantasma
- ❑ 4. Salvem el vampir
- ❑ 5. El rap de la por
- ❑ 6. Una maleta plena de fantasmes
- ❑ 7. Esgarrifances a les muntanyes russes

ELS SUPERHEROIS

- ❑ 1. Els defensors de Muskarrat City
- ❑ 2. La invasió dels monstres gegants
- ❑ 3. L'atac dels grills talp
- ❑ 4. Supernesquitt contra els tres terribles
- ❑ 5. La trampa dels superdinosaures
- ❑ 6. La trifulga de la disfressa groga
- ❑ 7. Les abominables rates de les neus
- ❑ 8. Alarma, Pudents en acció
- ❑ 9. Supernesquitt i la pedra lunar
- ❑ 10. Quin tuf a Tufum
- ❑ 11. La venjança del passat

TEA SISTERS

- ❑ 1. El codi del drac
- ❑ 2. La muntanya que parla
- ❑ 3. La ciutat secreta
- ❑ 4. Misteri a París
- ❑ 5. El vaixell fantasma
- ❑ 6. Un bon embolic a Nova York
- ❑ 7. El tresor de gel
- ❑ 8. Els nàufrags de les estrelles
- ❑ 9. El secret del castell escocès
- ❑ 10. El misteri de la nina desapareguda
- ❑ 11. La caça de l'escarabat blau
- ❑ 12. La maragda del príncep indi
- ❑ 13. Misteri a l'Orient Express
- ❑ 14. Misteri entre bastidors
- ❑ 15. La llegenda de les flors de foc
- ❑ 16. Missió flamenc
- ❑ 17. Cinc amigues per a un lleó
- ❑ 18. Rere la pista de la tulipa negra
- ❑ 19. Xocolata a carretades

AVENTURES A RATFORD

- ❑ 1. L'amor entra en escena a Ratford
- ❑ 2. El diari secret de Colette
- ❑ 3. Les Tea Sisters en perill
- ❑ 4. Duel a ritme de dansa
- ❑ 5. El projecte supersecret
- ❑ 6. Cinc amigues i un musical
- ❑ 7. El camí de l'èxit
- ❑ 8. Qui s'amaga a Ratford?
- ❑ 9. Una misteriosa carta d'amor
- ❑ 10. Un somni sobre gel per a Colette
- ❑ 11. Una aventura de pel·lícula
- ❑ 12. Top model per un dia
- ❑ 13. Salvem les tortugues
- ❑ 14. El Club de les Poetesses

PREHISTO-RATS

- ❑ 1. Fora les potes de la pedra foguera
- ❑ 2. Alerta meteorits, compte amb la cua
- ❑ 3. Per mil mamuts, se'm glaça la cua!
- ❑ 4. Estàs de lava fins al coll, Stiltonut!
- ❑ 5. Se m'ha espatllat el trotasaure
- ❑ 6. Comencen les prehistolimpíades
- ❑ 7. Dinosaure que bada res no enxampa
- ❑ 8. Trapellasaures a la càrrega!
- ❑ 9. Mossegasaures al mar... un tresor per salvar!

COSMO-RATS

- ❑ 1. L'amenaça del planeta Blup
- ❑ 2. Una extraterrestre per al capità Stiltònix
- ❑ 3. La invasió dels desagradables Poing-Poing
- ❑ 4. Desafiament galàctic a l'últim gol

Geronimo Stilton

PROVA DE COMPRA
GERONIMO STILTON
ALÍCIA AL PAÍS
DE LES MERAVELLES

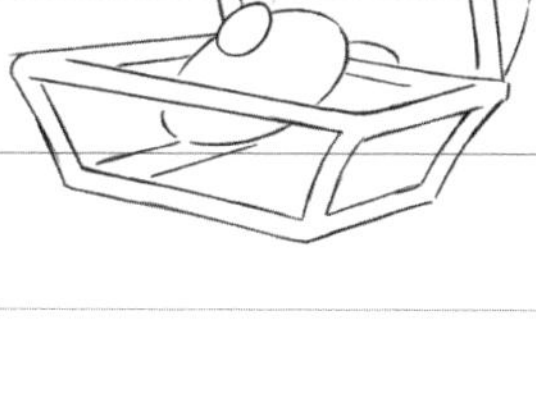